徳間文庫

十津川警部
殺意は列車とともに

西村京太郎

徳間書店

目次

二階座席《シート》の女

1

亀井《かめい》刑事は、ＪＲに、新しい列車が登場するたびに、胃が痛くなる。

小学六年の息子の健一《けんいち》が、鉄道マニアで、雑誌で見ては、一緒に乗りたいと、ねだるからである。

「ママと一緒に乗って来たらどうなんだ？」

と、いうと、健一は、

「ママは、ぜんぜん、鉄道に興味がないんだ。だから、つき合わせるのは、可哀そうなんだよ」

と、生意気なことをいう。といって、ひとりで行かせるのは、亀井も、不安になる。

「スーパー踊り子号に乗りたい」

と、いい出した時も、そうだった。

「二日がかりの旅行になるんだろう？　そんな休暇は、なかなか取れないぞ」

と、亀井がいうと、健一は、時刻表を調べていたが、

「一日で大丈夫だよ。朝早く家を出れば、終点の下田《しもだ》へ行っても、日帰りできるよ」

と、いい、スケジュール表を、書いてきた。

午前八時三〇分新宿発→一一時〇六分伊豆急下田着。伊豆急下田一三時三六分発→一六時二三分新宿着だという。

それに、家のある三鷹《みたか》までの時間が、プラスされる。

「すごい強行軍だな。下田には、二時間半しかいられないぞ」

と、亀井は、呆《あき》れた顔で、いった。

「それでもいいよ」

と、健一は、あっさりいってから、

「その代り、お願いがあるんだ」

「何だ？」

「一日で行って来るんだから、宿泊費が浮くわけでしょう。だから、グリーン車にし

て貰《もら》いたいんだ」

「グリーン車？」

「うん」

「なぜだ？」

「この列車はね、二階建でね。1号車と2号車は、グリーン車で、そこが、二階建になってるんだ」

「その二階に座りたいのか？」

「当たり。行きだけでもいいから、二階の座席にして」

と、健一は、いった。

まあ一日の強行軍なら、片道は、多少、ぜいたくをしてもいいだろうと、亀井は、妥協した。

十一月初旬に、珍しく、日曜日に、休みがとれた。日曜日なので、健一を連れて行ける。

息子の希望通り、1号車の二階のグリーン席を買った。

ただし、朝は大変だった。新宿発八時三〇分に乗らなければならないので、おそくても、七時半には、家を出なければならなかったからである。前日、品川《しながわ》で起きた事件を、午前二時までかかって、やっと解決したから、やたらに眠かった。

健一は、スーパー踊り子号といっているが、正確には、スーパービュー踊り子号だった。

その名前の由来は、実際に、新宿駅の四番線ホームで、列車を見て、亀井にも、納得できた。
1、2号車と、10号車が、二階建なので、新しい新幹線の「ひかり」のように、その三両だけ、ぴょこんと、背が高くなっているものと思っていたのだが、他の七両も、同じ背の高さなのである。
3号車から9号車までは、一階建だが、座席は、高い位置にあるのだ。それだけ、スーパービュー（素晴らしい展望）ということらしい。

確かに、子供に人気の出そうな列車だが、四十五歳の亀井は、その未来的なスタイルがなじめなくて、

「なんだ。いも虫みたいなスタイルだな」

と、いって、健一に、睨《にら》まれた。

先頭車の前部が、妙に丸くなっていて、その上、車体がうすいブルーなので、亀井は、どうしても、いも虫を連想してしまうのである。

しかし、ユニフォーム姿のビューレディに迎えられて、車内に入ると、さすがに、よく出来ていた。

二階の座席《シート》は、新幹線より間隔が広い感じで、ゆったりとしている。前方の展望は、運転席が一階にあるので、何の邪魔もない。

座席は三列で、亀井は、健一と、二列の側に腰を下ろした。健一は、窓側に座らせたのだが、列車が走り出すと、車内の写真を撮ってくるといって、カメラを片手に、通路へ出て行った。いつものことで、亀井は、ひとりになれたので、リクライニングにして、眼を閉じた。三時間ほどしか寝てなかったので、たちまち、眠ってしまった。

スーパービューも、宝の持ちぐされである。

肩をゆすぶられて、眼を開けた。健一が、ゆすっているのだ。寝ている間に、おしぼりが、配られている。健一が、そのことをいっているのだと思い、亀井は、

「わかってるよ」

と、いい、おしぼりで、顔を拭《ふ》きかけた。

「違うよ」

と、健一は、小声だが、怒ったようないい方で、

「あそこの女の人、変だよ」

と、いい、三、四列前の座席を、指さした。

二列並びの座席の窓側に、若い女が、腰を下ろしていたが、その肩が、小刻みにふるえているのだ。

その女に、亀井は、見覚えがあった。

この列車に乗るために、新宿駅のホームで、待っている時、ひどく目立つ女がいた。背が高く、顔立ちが派手で、モデルのようだった。が、亀井が、覚えていたのは、そのためだけではない。

日曜日なので、乗客は、家族連れが多く、全体の雰囲気が、なごやかなのに、彼女だけは、孤立して、冷たい雰囲気を感じさせたのである。

その女が、同じ1号車の二階の座席に乗ったので、覚えていたのである。

その女が、今、小刻みに身体《からだ》をふるわせている。

亀井は、立ち上がり、彼女の前に廻《まわ》ってみた。

真っ青な顔で、唇《くちびる》を噛《か》みしめ、身体をふるわせているのだ。

「どうしました？」

と、亀井が、声をかけた。

返事の代りに、女は、呻《うめ》き声をあげ、右手に、何かを、握りしめながら、座席から、転げ落ちた。

その気配に、近くの座席にいた乗客たちが、立ち上がって、騒ぎ始めた。

「車掌を、呼んで来て下さい！」

と、亀井は、大声で、いい、倒れて、動かなくなった女の顔をのぞき込んだ。

眼は、瞳孔《どうこう》が開いてしまって、動かない。噛みしめた唇は、破れて、血が吹き出していた。

掌《てのひら》を、鼻に当ててみたが、息をしている気配はなかった。手首を、そっとつまんでみたが、脈も、消えている。

「死んじゃったの？」

と、健一が、声をかけて来た。

「自分の席に、座っていなさい」

と、亀井は、強い声で、叱《しか》りつけた。

車掌が、駈《か》け上がって来た。床に倒れている女を見て、顔色を変え、

「どうしたんですか？」

と、亀井に、きく。亀井は、それには答えず、

「次の停車駅は？」

と、きいた。

「間もなく、伊東《いとう》ですが」

「駅に連絡は？」

「とれますが」

「すぐ連絡して、救急車を待機させておくようにいって下さい。それに、警察にも、連絡するようにいった方がいいですね」

「死んでるんですか？　その人」

「早くして下さい！」

と、亀井は、怒鳴った。

2

伊東駅着一〇時一一分。

ホームには、救急隊員と、伊東署の刑事が待っていた。

「あなたも、一緒に降りてくれませんか」

と、伊東署の刑事がいったが、亀井は、

「あの女性には、関係ありませんし、子供と一緒に、下田まで行くことになっていますので」

と、断った。その代りに、亀井は、自分の名刺を渡した。

「本庁の方ですか」

と、相手は、びっくりした顔になった。

「今日は、今もいったように、子供のお守《も》りなんですよ。明日は、警視庁にいますから、何かあったら、電話を下さい」

と、亀井は、いった。

スーパービュー踊り子号は、下田に向かって発車した。

健一も、ショックを受けたらしく、終点の下田まで、黙りこくっていたが、帰りの列車では、元気を取り戻して、また、車内の写真を、撮りまくっていた。

亀井が、疲れ切って、三鷹の自宅に帰ったのは、午後六時近くである。

その夜のテレビのニュースで、列車の中の女性が死んだことを、亀井は、知った。伊東駅でおろしたあと、救急車で病院に運ばれたが、すでに、死亡していたというのである。

〈青酸中毒死とみられ、警察は、自殺、他殺の両面から、捜査を始めました〉

と、アナウンサーが、告げた。

翌日、亀井が、出勤すると、すぐ、上司の十津川《とつがわ》警部と一緒に、捜査一課長の本多《ほんだ》に、呼ばれた。

温厚な本多が、いつになく、厳しい表情をしている。

「今、静岡県警から、電話があってね」

と、本多が、いった。

亀井が、あの事件のことだなと思って、説明しかけると、本多は、それを、手で制して、

「向こうさんは、亀井刑事を、訊問《じんもん》したいと、いってるんだ」

「訊問――ですか？」

と、十津川が、眉《まゆ》を寄せた。

亀井も、びっくりした。参考に、車内の様子でも聞きたいというのならわかるが、訊問では、容疑者扱いではないか。

「そうだ。県警は、亀井刑事を、重要参考人と考えているらしい」

「冗談じゃありませんよ。私は、車内で、女性が、突然、苦しみ出して、倒れたので、車掌を呼び、伊東駅に、連絡させたんです。警察も呼んだ方がいいといいました。そ

れだけですよ」

「では、死んだ女のことは、全く知らないんだな？」

「はい」

「女の名前は、片桐《かたぎり》とも子、二十八歳。その名前にも、記憶はないかね？」

「ありません」

と、亀井は、いった。

十津川が、横から、

「カメさんが、疑われている理由は、何なんですか？　まさか、同じ列車に乗っていたからなんていうんじゃないでしょうね？」

「名刺だそうだよ」

「名刺？」

「それなら、私が、伊東署の刑事に、渡したものですよ。協力してくれと、伊東駅でいわれたんですが、息子と、下田まで行くことになっていたので、名刺を渡して、明日にでも、電話してくれと、いっておいたんです」

「その名刺じゃないんだ」

「と、いいますと？」

「死んだ女が、右手に握りしめていたのが、亀井刑事の名刺だといってるんだ」

「まさか――」

「これを、ファックスで、送ってきた」

と、本多は、一枚の用紙を、亀井に見せた。

それには、二枚の名刺が、転写されていた。

どちらも、亀井の名刺である。一枚は、きれいだが、一枚は、くしゃくしゃになったのを引き伸して、ファックスしたらしく、折れた線が、いくつも、ついていた。

「両方とも、確かに、私の名刺ですが、私は、死んだ女とは、何の関係もありません。生まれて、初めて、会った女です」

「もちろん、私は、君の言葉を信じるが、静岡県警が、疑問を持っているのでね」

と、本多は、いった。

「カメさんが、嘘《うそ》をいう筈《はず》がないじゃありませんか」

と、十津川は、強い調子で、いった。

「それは、そうなんだがねえ」

「県警は、いつ、訊問に来るといってるんですか？」

「今日は、問題の列車の車掌や、コンパニオンの話を聞き、明日、午前中に、こちらへ来ると、いっている」

と、本多は、いった。

「逃げ隠れはしませんよ」

と、亀井は、いった。

その日、おそく、家に帰ると、妻の公子《きみこ》が、

「健一の様子が、変なんですよ」

と、亀井に、いった。

「変って、どんな風にだ？」

「元気がないし、何をいっても、上《うわ》の空《そら》みたいで――」

「昨日、列車の中で、あんなことがあったからかな。それに、疲れてるんだろう。何しろ、強行軍だったから」

「そう思ってるんですけどねえ。いつもと違うんで、心配なんですよ」

「明日は、大変なんだ。早く寝かしてくれないか。健一のことは、明日、聞くよ」

と、亀井は、いった。

次の日の昼前に、伊東署の刑事二人が、やって来た。

一人は、伊東駅のホームで、亀井が、名刺を渡した男である。彼は、青木《あおき》と、自分

の名をいい、もう一人の若い方を、森口《もりぐち》と、紹介した。

「私も、立ち会いたい」

と、十津川が、二人に、いった。

青木と、森口の二人は、相談していたが、

「いいでしょう」

と、肯《うなず》いた。

訊問は、取調室で行われることになった。

青木刑事が、ポケットから、二枚の名刺を出して、テーブルに置いた。

「問題は、死んだ片桐とも子が、握りしめていた方の名刺です。当然、亀井さんは、前から、ご存知の女性でしょうね？」

「いや、全く知らない女です」

「それなら、なぜ、この名刺を？」

「わかりません。女が、何か握りしめているのは、気付いていましたが、まさか、自分の名刺だなんて、全く、知りませんでした」

と、亀井は、いった。

「それは間違いありませんか？」

もう一人の森口刑事が、疑わしげに、きいた。こちらは、若いだけに、自分の感情を、露骨に示している。

亀井は、むっとしながらも、

「間違いありませんよ」

「しかし、1号車を担当していたビューレディの古賀千賀子《こがちかこ》は、こう証言しているんです。おしぼりを配って歩いた時、あなたと、被害者が、並んで座っていたというんですよ。あなたは、眠っていたが、被害者が、二人分のおしぼりを受け取ったと、いっています」

「バカな！」

と、亀井は、思わず、叫んだ。

「古賀千賀子というコンパニオンを、前から知っていたということはないでしょう？」

「ありませんよ」

「それなら、彼女が、嘘をつくことは、考えられないから、本当のことを、いっていると、思いますね。彼女の証言では、被害者とあなたは、とても、親しそうに見えたと、いっていますよ」

「冗談じゃない。私は、前日、おそくまで仕事をしていたので、あの列車に乗ってすぐ、眠ってしまったんですよ。おしぼりが配られたのも、知らなかったんです。息子に起こされたとき、被害者は、もう、苦しんでいたんです。もちろん、彼女の座席でね」

と、亀井は、いった。

十津川も、それにつけ加えて、

「前日、おそくまで、仕事があったのは、本当ですよ。午前二時近くまでかかって、やっと、殺人事件が解決したんです。それから、家へ帰って、そのまま、朝早く出かけたから、ほとんど、寝ていない筈です。座席で、眠ってしまったのは、当然だと、思いますよ」

と、いった。

「しかし、亀井刑事が、眠っていたとしても、なぜ、被害者が、あなたの隣りに座っていたんでしょうか？」

森口は、追及してきた。

「そんなこと、知りませんよ」

「ここに、古賀千賀子の証言が、書いてあります。それを、読みますよ。『亡くなった女の人は、男の人（亀井）の隣りに腰を下ろして、ニコニコしながら、男の人の顔を、のぞき込んだりしていました。私が、おしぼりを持っていくと、彼女は、二人分を受け取り、彼は、仕事で疲れているの、ごめんなさいと、いいました』どうですか？　コンパニオンが、知り合いだと思っても、無理はないと思いますが」

「彼女が、一人芝居をしたんですよ」

と、亀井は、いった。

森口は、肩をすくめて、

「何のためにですか？」

「わかりませんよ」

「しかも、死んだ時、彼女は、あなたの名刺を握りしめていたんです。この説明は、つきますか？」

「わかりませんが、私が配った名刺を、誰かに貰って、持っていたんでしょう」

「あの名刺は、いつ、作られたんですか？」

と、今度は、青木が、きいた。

「去年の四月に、百枚印刷しました。あまり、使うことがないので、まだ、二、三十枚、残っています」

「すると、去年の四月から、今年の十一月までに、七、八十枚は、配っているんですね？」

「そうです。しかし、亡くなった女性には、絶対に渡していませんよ」

と、亀井は、力を籠《こ》めて、いった。

「それは、間違いありませんか？」

「ええ。渡していれば、そういいますよ」

「亀井刑事の隣りの座席は、お子さんの席だったんですね？」

「そうです。子供にグリーンは、ぜいたくだと思いましたが、鉄道マニアでしてね。どうしても、スーパービュー踊り子号の二階に乗りたいというので、グリーンにしたんです」

「被害者が、隣りに座っていた時、お子さんは何処《どこ》にいたんですか？」

と、青木は、きいた。

「今いったように、息子は、鉄道マニアなんです。あの新しい列車に乗ったので、カメラを持って、車内を、見物して廻っていたんです。それで、隣りが、空いていたんです」

「しかし、そこに、なぜ、被害者は、恋人みたいな顔をして座っていたんですかね？しかも、あなたの名刺を持って」

若い森口刑事が、皮肉な眼つきで、亀井を見た。

「わかりませんよ。多分、あいているんで、座ったんじゃありませんか」

「カメさん」

と、十津川が、注意した。

「わかりました。私は、ずっと眠っていたんで、何が何だか、わからないんですよ。被害者が、隣りに座っていたことも知らないんですよ。だから、全《すべ》て、驚くことばかりなんです」

と、亀井は、いった。

「どうやって、被害者が、毒を飲んだか、わかっているんですか？」

十津川が、二人の刑事に、きいた。

「コーヒーと一緒に、飲まされたのではないかと、いわれています」

と、青木が、いった。

「コーヒーですか」

「1号車の二階の通路から、紙コップが見つかりましてね。それに残っていたコーヒーから、青酸が検出されたんです。車内販売で売っているコーヒーに、青酸を混入して、飲ませたのだと思います」

「その紙コップから、指紋が、採《と》れたんですか？」

「被害者の指紋は、出ました。申しわけないが、亀井刑事の指紋を、採って帰り、照合したいと思っています」

と、青木が、丁寧だが、かたい口調でいった。

亀井は、開き直った顔で、

「好きなようにしてくれていいですが、毒死した女の素性《すじょう》は、わかったんですか？」

と、逆に、きいた。

「今、調べているところです。本来なら、東京の人間ですから、警視庁に依頼するんですが、何しろ、その警視庁の現職の亀井刑事が、重要参考人になっているので、それが出来ません。それで、まだ、くわしくは、調べていないのですが、モデルあがりのホステスだと聞いています。亀井刑事も、ご存知のように、人の眼を引く美人です」

「所持品は、何があったんですか？」

と、十津川が、きいた。

青木は、手帳を取り出して、そこにメモしたものを見ながら、

「黒いシャネルのハンドバッグを持っていて、その中には、カルチエの赤い財布、こ

れには、二十九万三千円が入っていました。他に、シャネルの化粧品、口紅、香水などです。運転免許証が入っていたので、身元はすぐわかりました。キーホルダー、これには、三つのキーがついています。ハンカチーフ。カード三枚。ＣＤカード、東京のホテルのＶＩＰカード、それと、アメックスですね」

「スーツケースとか、ボストンバッグは、持っていなかったんですか？」

「見つかっていません」

「切符は、何処までの分でしたか？」

「スーパービュー踊り子51号、1号車の二階グリーンのもので、終点の伊豆急下田までの切符です」

「私の三列前の座席で、死んでいましたが、あそこの席の切符だったんですか？」

と、亀井が、きいた。

「その通りです。窓側の席でした」

「連れはいなかったんですか？」

「連れを見かけた人間が、いないのですよ。亀井刑事の他に、彼女の連れがいれば、われわれは、まずそちらに当たってみるんですがね」

「彼女の住所を教えてくれませんか」

と、亀井がいうと、森口刑事が、

「彼女のマンションに、これから、われわれは、行ってみることにしています。亀井刑事は、重要参考人ですから、遠慮して頂きたいですね」

「しかし――」

「カメさん。私が、この人たちと、一緒に行ってくるよ」

と、十津川が、いった。

3

十津川は、彼が、パトカーを運転して、伊東署の刑事二人を、中野《なかの》へ案内した。

中野駅近くのマンションに、被害者片桐とも子の住んでいた部屋があった。

九階建の703号室である。

エレベーターで、七階にあがり、703号室につくと、青木は、伊東から持参したキーホルダーを取り出した。

被害者のハンドバッグに入っていたものである。

「この一つが、マンションのキーだと思うんですがねえ」

と、青木は、いいながら、キーを試していたが、ドアは、あっさりと開いた。

2LDKの部屋だった。管理人に聞いたところでは、一カ月の部屋代が、二十八万円だという。

「東京では、ぜいたくな広さですよ」

と、十津川は、部屋の中を見廻しながら、二人の刑事にいった。

青木と、森口は、黙って、部屋の中を調べ始めた。

十津川は、妙に勘ぐられてはいけないので、見守っていた。

居間の調度品も、三面鏡も、じゅうたんも、全《すべ》て、高価な感じだった。

(金のかかる女だったんだな)

と、十津川は、思った。

モデル時代の写真が、何枚か飾ってある。なるほど、背の高い、スタイルのいい女だったようである。

十津川が、その写真を、一枚ずつ見ていると、青木刑事が、

「これを、見て下さい」

と、速達の封書を、差し出した。

三面鏡の上に、のっていたものだという。

宛名は、片桐とも子になっていて、裏の差出人のところには、村田《むらた》法律事務所の名前が、ゴム印で、押してあった。

中身は、便箋《びんせん》二枚に、ワープロで、次のように書いてあった。

〈前略

二ヵ月前、あなたに対して暴行を働いた刑事は、こちらで調べたところ、警視庁捜査一課の亀井刑事とわかりました。告訴されるのは、結構ですし、われわれも、協力を惜しみませんが、裁判で争うとなると、暴行の事実の証明が、難しいと思われます。また、あなたは、レイプされた事実が、明らかにされることを、覚悟する必要があります。

それよりも、亀井刑事に、賠償金を払わせた方が、ベターと考えます。電話で、本人に当ったところ、あわてふためいており、出来る限りの賠償はすると、約束しました。

彼は、十一月七日の日曜日、子供を連れて、下田まで、新宿午前八時三〇分発の「スーパービュー踊り子51号」に乗るので、出来ればその車内で、あなたと会い、お詫《わ》びをし、金額について、相談したいといっています。あなたは、これに応じた方がいいと、われわれは、考えます。

ご一考下さい〉

「これで、亀井刑事の動機がはっきりしましたね」

と、青木が、したり顔でいった。

十津川は、二度、読み返してから、

「バカげている」

「どこがですか？」

「カメさんは、レイプなんかしませんよ」

「上司の十津川さんが、否定したいのは、わかりますが、最近、警察の不祥事が、次々に明るみに出ていますからね。本庁に、似た事件があったとしても、おかしくは、ありませんよ」

と、森口は、いった。

この若い刑事には、警視庁に対するライバル意識があるのかも知れない。

「私は、この手紙を信じませんよ」

と、十津川は、いった。

「それでは、この弁護士事務所へ行って、確めてみようじゃありませんか」

森口は、挑戦するように、いった。

「いいでしょう。行ってみましょう」

と、十津川はいった。

再び、十津川の運転するパトカーで、新宿西口のビルの中にある法律事務所に廻ってみた。

所長の村田弁護士に会って、手紙のことを話すと、

「それは、いい、谷川《たにがわ》君の担当している事件ですよ」

と、いい、谷川弁護士を、呼んでくれた。

六十歳くらいの小柄な男だった。眼鏡の奥から、細い眼で、三人の刑事を見つめて、

「片桐さんが亡くなって、私も、びっくりしています」

と、いった。

「この手紙を書かれたのは、あなたですね？」

と、青木刑事が、きいた。

「そうです」

「これは、事実なんですか？」

と、十津川が、きいた。

「全て、事実です」

「くわしく話して下さい」

「一ヵ月ほど前ですかね。片桐とも子さんが、訪ねてみえたんです。私が、話を聞きました。自分は、現在、銀座のクラブSで、ホステスをしているが、二ヵ月前の夜、店から帰ったあと、自宅で、男に襲われ、レイプされたというのです。相手は、警察手帳を見せ、近くで起きた殺人事件のことで、話を聞きたいというので、何の疑問も持たずに、男を、部屋に入れてしまった。ところが、男は、豹変《ひょうへん》して、襲いかかってきたというのです。そのあとで、男は、お前はホステスだから、今夜のことを訴えても、誰も、お前の証言なんか、信用しないといったというのです。彼女にしてみれば、ホステスということでバカにされたことが、口惜しくてならないというわけですよ。私も、権力を笠にきた男のやり方に、腹が立って、調べてみたのです」

と、谷川は、いった。

「なぜ、その男が、亀井刑事と、思ったんですか?」

と、十津川が、きいた。

「それは、二つの理由からです。男が、警察手帳を見せて、部屋に入ったことが一つです。その時、さすがに、名前はいわなかったし、見せませんでしたが、私は、それが、本物だと直感しました。もう一つは、彼女が覚えていた人相です。その二つを合わせると、捜査一課の亀井刑事しかいないのですよ」

と、谷川弁護士は、いった。

「それで、亀井刑事に電話をかけて、確めたというんですか？」

と、十津川は、きいた。

「そうです。片桐とも子さんは、非常に腹を立てていましてね。どうしても、亀井刑事を告発するといっていたんです。しかし、そうすれば、自分も、傷つきますよと、私はいいました。レイプ事件の裁判というのは、私も、二件扱いましたが、たとえ勝訴したとしても、原告も、ずたずたに傷ついてしまうのです。それで、裁判にはせず、亀井刑事に謝罪させ、賠償金というか、慰謝料というか、払わせた方がいいのではないかと、忠告したんですよ。幸い、亀井刑事は、自分の非を認めました。それで、私は、いつ、彼女に会って、謝罪し、賠償金を払ってくれるのかと、亀井刑事に聞きました。そうすると、彼は、こういいました。私も、刑事として、第一線で働いている。だから、彼女に会うとしても、ひそかに会って、話をつけたい。次の日曜日に、子供を連れ、新宿から、スーパービュー踊り子51号に乗って下田へ行く。その時、彼女も、乗って来て、偶然、会ったことにしてくれないか。そして、私の方から、先に謝罪し、それを、彼女が認める形にして欲しい、とですよ。私が、立ち会いますかと聞くと、そうなると、自分が、追い詰められた形になってしまうと、いわれましてね。私は、それなら、彼女を説得してみようと、いったわけです。まさか、亀井刑事が、裏切るとは思いませんでしたからね」

谷川は、肩をすくめて見せた。

「それで、あなたは、片桐とも子に、この手紙を出されたんですね？」

と、青木が、手紙を見せて、きいた。

「そうです」

「なぜ、電話で説得せずに、手紙を出したんですか？」

と、十津川が、きいた。

「電話でも話しましたよ。しかし、彼女は、ホステスですからね。昼間は寝ているし、夜は、店に出ているんです。電話がつながっても、酔っていることが多くて、うまく、話が通じないんです。それで手紙を書いたんです。電話と、両方で、話したんです」

「しかし、亀井刑事から、私は、何も聞いていませんがね」

十津川は、眉をひそめていった。とても、信じられなかったからである。

谷川弁護士は、笑って、

「亀井刑事にしてみれば、誰にも知られたくない汚点ですからね。上司のあなたに、喋《しゃべ》る筈がありませんよ」

と、いった。

森口刑事が、肯いている。その通りだと思っているのだろう。

「今の証言を、変えるようなことはないでしょうね？」

と、青木が、谷川に向かって、念を押した。

「私は、弁護士ですよ。自分の言葉には、責任を持っていますよ」

谷川は、胸を叩《たた》くようにしていった。

村田法律事務所を出て、車に戻ると、十津川は、

「彼は、嘘をついていますよ」

と、二人の刑事にいった。

「私は、事実を話していると、思いますね」

と、若い森口が、いう。

「なぜ、そういえるんですか？」

「事件は、あの弁護士が、話した通りだし、彼は、亀井刑事が、十一月七日に子供を

連れて、問題の列車に乗ることを知っていたじゃありませんか。それは、亀井刑事が、話したからですよ」

「信じられませんね」

「十津川さんが、亀井刑事を信じたい気持は、よくわかりますが――」

と、青木は、肩をすくめた。

「これは、願望じゃなくて、事実だよ。カメさんは、レイプなんか出来ないよ」

十津川の声が、自然に大きくなった。

「しかし、人間はわかりませんよ。聖人君子に見えても、ある時、突然、劣情に駆られることがありますからね」

青木は、悟《さと》ったようなことをいった。

（わかったようなことをいうな！）

と、十津川は、腹の中で叫んだが、それは、声には出さなかった。

警視庁に戻ると、十津川は、亀井を外に連れ出した。

二人で、皇居の周囲を散歩しながら、

「君は、谷川という弁護士を、知っているかね？」

と、きいた。

「その弁護士が、何かしたんですか？」

「明らかに、カメさんについて、嘘をついている。被害者片桐とも子のことで、電話したといっているんだ」

「私にですか？」

「ああ、そうだ」

「私は、そんな弁護士から、電話を貰ったことは、ありません」

「だが、向こうは、電話したと、いっている」

「嘘です」

「そう思うよ。あの弁護士は、嘘をついている。カメさんの不利になるような嘘をね。問題は、なぜかということだ。君が、谷川という弁護士を、全く知らないとすると、なぜ、あんな嘘をつくのか、わからなくなる」

「谷川ですか――」

「六十歳くらいの小柄な男で、眼鏡をかけている」

「覚えがありませんね」

「毒殺された片桐とも子にも、前に、会ったことがないと」

「そうです」

「そうなるとなぜ、この二人が、君を巻き込むようなマネをしたのかな？」

「私を、罠《わな》にかけるようなことをですか？」

「そうだよ。特に、谷川弁護士だ。彼が、君と無関係なら、なぜ、君の不利になるような証言をしたのか、なぜ、あんな嘘をついたのか、それが、わからない」

「私は、第一線の刑事で、検事じゃありません。弁護士と接触することは、めったにありませんから」

と、亀井は、いった。

「だが、向こうは、君のことを知っていて、罠にかけるようなことをしたんだ」

「谷川という男の顔を、ひそかに見たいと思います。その法律事務所に、連れて行って下さい」

と、亀井は、いった。

十津川は、腕時計に眼をやった。

「すぐ行こう。昼休みに、事務所を出てくるかも知れない。あの事務所のあるビルには、食事をする店は、ないようだったからね」

十津川は、タクシーをとめ、亀井と乗り込むと、すぐ、西新宿に向った。

村田法律事務所のあるビルの近くで降り、二人は、ビルの入口が見える喫茶店に入った。

窓側のテーブルに腰を下ろして、コーヒーを注文した。

「間もなく、十二時だ」

と、十津川が、いった。

附近のビルから、サラリーマンや、OLが、出て来た。昼食をとりに出て来たのだ。

「カメさん。出て来た。二人連れの男の小さい方だ」

と、十津川が、小声でいった。

亀井が、スプーンを止めて、じっと見つめた。

谷川は、同僚の弁護士と、デパートの方へ歩いて行った。

「どうだ？」

と、十津川は、亀井にきいた。

亀井は、当惑《とうわく》した表情になって、

「わかりません。ひょっとすると、前に、何処かで、会ったかも知れません」

「前は、全く会ってないといっていたんだ。それに比べれば、進歩だよ」

と、十津川は、微笑した。

「進歩ですか？」

「ああ。そうさ。谷川弁護士が、カメさんのことをよく知っていて、カメさんは、向こうを、全く知らないんじゃ、勝負にならないからね」

「確かに、そうですね」

「このままだと、君は、谷川弁護士の証言で、殺人容疑で、静岡県警に逮捕されてしまう。しかも、君は、レイプした女の口をふさぐために、毒殺したことになってしまうよ。その君が、谷川弁護士のことを、ぜんぜん知らないのでは、どう戦っていいか、わからないんだよ」

「申しわけありません」

「謝るよりも、思い出してくれ」

と、十津川は、いった。

4

伊東署の刑事二人は、亀井の指紋と、谷川弁護士が、被害者に出した手紙、それに、谷川の証言記録を持って、帰って行った。

問題のコーヒーカップに、亀井の指紋がついている筈はないと、十津川は、思う。

だが、それでも、静岡県警は、亀井に対する逮捕状を出すのではないか。

「何とかして、それを防ぎたい」

と、十津川は、亀井に、いった。

「私もです。息子のためにも、何とかしたいんです」

と、亀井は、いった。

「健一君のためというと——？」

「あの日から、彼の様子がおかしいんです。父親である私を見る眼が、普段と違います。どうやら、健一は、私の隣りの座席に、片桐とも子が座っているのを、見たようなのです」

「コンパニオンは、彼女と、君が、仲良くしているように見えたといっているらしいが」

「健一にも、そう見えたんだと思います。派手な美人が、自分の座席に座って、父親の私に、しなだれかかっていた。ショックを受けるのが当然です。私が知らなかったと話しても、私が逮捕されたら、もう、信じないでしょう」

と、亀井は、いった。

「逮捕はさせないさ」

「しかし――」

「君と谷川弁護士は、前に、何処かで会っているか、何か関係があったんだ。その結果、彼は、君を憎んでいた。そして、片桐とも子を利用して、君を、罠にかけたんだ」

「私が逮捕した犯人の弁護で、谷川が負けたんでしょうか?」

「それなら、相手の検事と、判決を下した裁判官を恨むよ」

「そうですね」

「とにかく、考えるんだ。まず、この手紙の検討だ」

十津川は、例の手紙のコピーを、机の上に広げた。

封筒のコピーもある。

その消印は、十一月三日になっている。事件のあった四日前である。

「しかし、この手紙が、三日に書かれたとは限らない」

と、十津川は、いった。

「すり替えですか?」

「そうだよ。片桐とも子が、前から、谷川弁護士と交渉があったとすれば、手紙は、何通か出していても、おかしくはない。十一月七日に、列車内で、片桐とも子を毒殺したあと、東京に引き返し、彼女のマンションに入って、手紙をすり替えたんだと思うね。マンションのキーは、前もって、スペアを作っておいたんだろう」

「ただの連絡の手紙を、四日前に出しておけば、三日の消印のついた封筒が、出来あがるわけですね」

「そうだよ」

「しかし、それにしても、スーパービュー踊り子号で、私を罠にかけたんですから、私が、息子の健一と、十一月七日に、あの列車の二階グリーンに乗ることは、知っていた筈です。なぜ、知っていたんでしょうか？」

と、亀井が、十津川にきいた。

「健一君から、その列車に乗りたいということは、前からいわれていたんだろう？」

「そうです。一ヵ月以上前からです。それと、二階のグリーンにしてくれということをです」

「切符を買ったのは？」

「前日の六日です。今日は、品川の事件が解決するようだというので、あわてて、東京駅に行って、切符を買ったんです」

「多分、君は、見張られていたのさ」

と、十津川は、いった。

相手は、東京駅まで尾行し、亀井が、七日の踊り子51号の切符、1号車の二階グリーンの切符を、二枚買ったのを知り、自分たちも、二枚買ったのだろう。被害者のと、犯人のとである。

ここまでは、想像がついた。

「次はレイプだな」

と、十津川は、いった。

「と、いいますと？」

「なぜ、君に、レイプの罪を押しかぶせたかということさ」

「それは、私が警官だからでしょう。法秩序を守る筈の人間が、女を暴行したなんてことは、一番、恥しいですからね」

「確かにそうだ。しかし、レイプは、証明が難しい。彼女の方から、カメさんを誘ったと思うかも知れない」

「それは、そうですが――」

「カメさんが、車で人をはねて殺し、それを、片桐とも子が目撃していたのでもいい筈だよ。それで、彼女が、カメさんをゆすっていたので、殺したというストーリィでもいい」

「ええ」

「だが、レイプにした。なぜだろう？」

「――」

「こういうのは、どうだろう？　実際に、彼女は、レイプされていた」

「よして下さいよ」

「君じゃないよ。他の男にだ」

「全くの第三者にですか？」

「いや、谷川弁護士にだよ」

「しかし、彼は、もう六十歳ですよ」

「六十歳でも、レイプは出来るさ」

「それは、そうですが」

「カメさん。こういうことだって考えられる。片桐とも子は、したたかな女で、弁護士で金のありそうな谷川を、引っかけた。自分の方から誘っておいて、レイプされたといって、谷川を責めた」

「なるほど」

「弁護士としては、命取りになりかねない。そんな噂《うわさ》が立っただけでも、信用を失うからね」

「ええ」

「そこで、谷川は、カメさんに、同じレイプの罪を着せることを考えたんじゃないかね」

「列車の中で、彼女が、私の隣りに腰を下ろしたりしたのは、なぜなんですか？　犯人に、協力しているとしか思えませんが――」

「片桐とも子も、悪党だということさ」

と、十津川は、いった。

「悪党ですか？」

「彼女は、金が欲しかった。だから、谷川弁護士をゆすったりしていた。そこで、谷川は、逆に、金儲《もう》けの話を持ちかけた。彼女にね。亀井という刑事を、罠にかけるのを手伝ってくれたら、大金を払うといってね」

「――――」

「多分、写真を撮られているよ。カメさんは」

「私がですか？」

「君と、片桐とも子がさ。疲れて、正体なく眠っている君の隣りに、彼女が腰を下ろし、君にもたれかかって、ニッコリしているのを、犯人が写真に撮る。そうしてくれれば、大金を払うと、いってね」

「息子は、そんなところを、見たのかも知れません」

と、亀井は、いった。

「かも知れないな。犯人は、彼女に、ご苦労さんといって、コーヒーをすすめる。彼女は、緊張から解放されて、そのコーヒーを、喜んで飲んだ。青酸入りのコーヒーをね」

と、十津川は、いった。

5

「しかし、肝心のことが、思い出せません」

と、亀井は、悲しそうに、いった。

「谷川弁護士との関係だね？」

「そうです。彼が、なぜ、私を恨んでいるのか、前に、どこで会ったか、どうしても、思い出せません」

「谷川という男のことを、徹底的に、調べてみよう」

と、十津川は、いった。

「それなら、これから、すぐ――」

と、亀井が、立ち上がろうとするのを、十津川は、手で制して、

「君は、駄目だ」

「なぜですか？　罠にかけられたのは、私ですよ」

「だからだよ。君が、谷川弁護士の周辺を、嗅《か》ぎ廻ってみろ。自分に不利な証人の口をふさごうとしているとか、圧力をかけているとかいわれるよ。だから、これは、西《にし》本《もと》刑事と、日下《くさか》刑事の二人にやらせる」

と、十津川は、いった。

「では、私は？」

「カメさんは、少し休めよ」

と、十津川は、いった。

西本と日下の二人が、谷川弁護士のことを調べに行くことになった。

「どんな小さなことでもいいから、調べるんだ。いや、違うな。どんな小さなことで

も、見逃さずに、調べて来てくれ」

と、十津川は、二人にいった。

西本たちは、その日の夜まで走り廻った。弁護士仲間に会い、大学時代の友人に話を聞き、税務署や銀行で、彼の資産を聞いた。

谷川がよく行くクラブや、バーにも、出向いた。

「どうしても、谷川と、カメさんとの関係は、見つかりませんでした」

と、西本刑事は、まず、十津川に報告した。

だが、落胆している顔ではない。十津川は、それを見て、

「しかし、何か見つけたんだな？」

と、きいた。

「そうです。谷川弁護士の娘と、カメさんとが、接点がありました」

「どういうことなんだ？」

「谷川には、子供が三人います。男の子二人と女の子一人です。奥さんとは、十二年前に離婚していて、その時、男の子は、父親の谷川が引き取り、女の子は、母親が引き取りました。その娘の名前は、母方の姓になって、中村《なかむら》ひろみになっています」

「その中村ひろみと、カメさんとが、どう関係してくるんだ？」

「彼女は、高校を卒業したあと、二年浪人したんですが、大学受験がうまくいかず、グレまして、不良グループとつき合うようになりました」

「今は、何をしているんだ？」

「死んでいます」

「まさか、カメさんが殺したのじゃないだろう？」

「今年の夏、八月二日ですが、深夜に、ボーイフレンドと、車を盗んで、暴走行為をしていたのです。それも、ひどい暴走で、ボーイフレンドは、車を走らせながら、窓から物を投げて、次々に、ショーウインドウを、こわしていったんです。それで、一一〇番が入っていました。その時、たまたま、殺人犯人を追って、パトカーを走らせていた亀井刑事が、目の前の彼等の行動を見て、追いかけたわけです」

と、西本が、いう。

「思い出したよ」

と、十津川は、眼を大きくした。

猛スピードで逃げた車は、亀井刑事のパトカーに追われ、コンクリートの電柱に激突した。

運転していた青年は、三カ月の重傷。助手席に乗っていた中村ひろみは、頭蓋骨《ずがいこつ》骨折で死亡した。

〈無謀運転の果て〉

と、新聞は、書いた。

よくあるケースの上、名前が、中村ひろみとなっているので、この事件を、谷川弁護士と結びつけて考えることは、しなかったのである。

「離婚したあと、谷川弁護士は、奥さんには未練はないが、娘のひろみは、可愛いと、いつも、いっていたそうです。それだけに、娘の死は、ショックだったと思いますし、カメさんに殺されたように思っていたんじゃないかと、思うのです」

と、西本は、いった。

亀井も、もちろん、この事件を覚えていた。しかし、パトカーで追いかけたことは覚えていても、それが、若い女を死なせてしまったという自覚はなかった。

「あの時、彼等の車を見失ってしまったんです。とにかく、目茶苦茶なスピードを出していましたからね。見失ったあとは、私は、本来の仕事を思い出して、引き返しました。そのあと、彼等が、電柱にぶつかって、女が死亡したことは、正直にいえば、翌日になって、知ったわけです」

と、亀井は、いった。

「だが、谷川弁護士は、カメさんが、あの時、追いかけなければ、娘は死ななかったのにと、思ったんだろうね」

「それこそ、大変な誤解ですよ」

亀井は、ぶぜんとした顔になった。

「誤解というより、甘えですよ。誰が一番悪いかといえば、死んだ娘なんですが、次に、そんな娘にした親です。それを、カメさんのせいにしてるんです。卑怯《ひきょう》なやり方ですよ」

と、西本が、いった。

「だが、どうであれ、谷川弁護士は、カメさんが、娘を死なせたと思い込み、罠にかけたんだ。それを、何とかしないとな」

と、十津川は、いった。

「片桐とも子を毒殺したのは、谷川ですよ」

西本が、決めつけるように、いった。

十津川は、肯いて、

「多分、そうだろう。だが、どうやって、それを証明できる？」

「谷川を、片桐とも子殺害容疑で、逆に逮捕したらどうですか？」

若い日下が、十津川を見ていった。

十津川は、苦笑して、

「そうしたいのは山々だがね。証明できなければ、誤認逮捕ということで、カメさんの立場が、ますます、不利になるよ。われわれが、カメさんを助けようとして、無実の谷川弁護士を逮捕したということでね」

「しかし、このままでは、カメさんが、逮捕されてしまいますよ」

と、日下が、いった。

「わかってるよ」

と、十津川は、いった。

その日のうちに、もっとまずい事態が発生した。

夜おそく、十津川の大学時代の友人で、中央新聞の記者をやっている田口《たぐち》から、電話があった。至急、会いたいというのである。亀井刑事のことだといわれて、十津川は、銀座の中央新聞まで、会いに出かけた。

田口は、黙って、大きな茶封筒から、一枚の写真を取り出して、十津川の前に置いた。

十津川の顔が、ゆがんだ。

亀井と、片桐とも子が、並んで、座席に腰を下ろしている写真だった。とも子が、亀井の首に手を回して、ニッコリ笑っている写真である。

しかも、亀井の眼の部分は、黒い線が入っているので、余計に、いわくありげな写真に見えるのだ。

「これを、何処で？」

と、十津川は、きいた。

「うちで出している週刊誌の編集部に、送られて来たんだ。匿名《とくめい》でね」

「眼を消してあるが、これは、君のところで書いたのか？」

「いや、最初から、そうなっていたんだ。メモがついていた」

と、田口はいい、ワープロで書かれた手紙を見せてくれた。

〈十一月七日、下田行の特急「スーパービュー踊り子51号」の車内で、片桐とも子というホステスが殺されたが、その犯人は、驚くべきことに、警視庁捜査一課の現職の刑事、亀井氏と思われている。彼は、被害者を知らないと主張しているが、この写真が、それが、真っ赤な嘘であることを、証明していると思う。彼は、こんなふうにして、女を安心させておいて、毒殺したのだ。マスコミの力によって、この

ハレンチな刑事に、お灸《きゅう》をすえて貰いたい〉

「週刊誌では、のせたいといっているんだが、おれは、押さえたんだ。間違っていたら、大変なことだし、この匿名の主《ぬし》も、何となく、うさん臭いんでね」

と、田口は、いった。

「助かったよ」

と、十津川は、いった。

「亀井刑事とは、君の紹介で会ったことがあるが、浮気をかくすために、女を殺すとは、思えないんでね」

と、田口は、いってから、

「うちは、おれが押さえたが、こういう相手は、他のマスコミにも、同じものを送っている可能性があるよ」

「のせると思う週刊誌は、想像がつくかい？」

と、十津川は、きいた。

「新聞社系の週刊誌はうちと同じで、ためらうんじゃないかな。新聞の信用というのが、あるからね。出版社系の週刊誌は、のせるところが多いんじゃないかな」

「一番早く出る週刊誌は？」

「明後日に出る週刊Nだな。これは、もし、写真を送っていれば、必ずのるよ」

と、田口は、いった。

「明後日か」

「明後日の午後に出る」

と、田口は、いった。

「頼んで、押さえてくれないかな？」

「駄目だね。のせないでくれなんていったら、これは、本当だなと思って、逆に、のせる会社だよ」

と、田口は笑った。

6

十津川は、警視庁に戻ると、部下の刑事たちを集めて、コピーしてきた写真を、見せた。

「明後日の午後になると、これをのせた週刊Nが、出てしまうと思われる。だから、それまでに、絶対に、事件を解決しなければならない」

と、十津川は、いった。

「あと二日ありますね」

と、西本は、いった。

「眼を消してあると、余計に、生々《なまなま》しいなあ」

と、いったのは、日下だった。

「犯人は、知能犯だよ。もし、眼を消してなければ、カメさんが、寝ていて、女の方が、勝手に、ひとり芝居をしているとわかるんだが、こうしてあると、カメさんも、喜んでいるように見える。顔を隠してやっていると見せかけて、真実を隠してるんだよ」

十津川は、腹立たしげに、いった。

「それにしても、カメさんは、いい思いをしたんですねえ」

と、清水《しみず》刑事が、感心したように、いった。亀井は、苦笑して、

「私は、何も知らずに、グースカ、眠っていたんだ」

「この写真を撮ったのは、誰かな？」

と、十津川が、呟《つぶや》いた。

「そりゃあ、決っていますよ。谷川弁護士ですよ。彼が、同じ列車に乗っていて、片桐とも子に、こんな芝居をさせ、写真を撮ったんじゃありませんか？」

と、西本が、いう。

「そのあと、ご苦労といって、青酸入りのコーヒーをすすめて、殺したか」

「そうですよ。何とか、谷川が、同じ列車に乗っていたことを証明できれば、それが、解決の糸口になるんじゃありませんか？」

と、西本が、十津川に向かっていった。

「谷川の写真は、手に入れてあるか？」

「大丈夫です」

と、日下が、いった。

「では、明日、あの列車に乗務していた車掌と、ビューレディに会って、彼の写真を見せてくれ」

と、十津川は、いった。

「私は、これから、家に帰って、息子の撮った写真を、見て来ます。今、あの時のことを思い出していたんですが、眠る前に、車内を見たとき、写真を撮っている人間は、ほとんどいなかったんです。私の息子は、車内を飛び廻って、写真を撮っていました。

だから、ひょっとすると、谷川弁護士が、写っているかも知れません」

と、亀井は、いった。

亀井は、家に帰ると、妻の公子に、小声で、

「健一は、どうしてる？」

と、きいた。

「もう寝ましたよ」

「相変らず、様子は、おかしいか？」

「ええ」

「この間の旅行の写真は、もう、出来て来てるんじゃないのか？」

と亀井は、きいた。

いつも、健一が一緒に旅行したときは、写真は、彼が撮り、帰ると、さっさと、DPEに持って行っていたからである。

今度のスーパービュー踊り子号でも、健一が、写真を撮りまくっていたから、帰ってすぐ、DPEに出していると、思っていたのだ。

「それが、まだ、出来てないみたいですよ」

と、公子が、いう。

「おかしいな」

「いつもなら、自慢そうに、見せてくれるのに、今度は、違うんですよ。みどりが、早く見せてっていったら、今度は、写真を撮って来なかったんだって、怒ったみたいに、いってましたけど」

「そんなことを、いってるのか」

「何かあったんですか？」

公子が、心配そうに、きいた。

亀井は、これ以上、妻に黙っているわけにはいかないと思い、自分が、疑われていることを、打ち明けた。

「知らないうちに、谷川弁護士に、恨まれていたというわけなんだ。ひどいもんだが、今のところ、反証が見つからないんだよ。健一の撮った写真の中に、ひょっとして、谷川弁護士が、写っていないかと思ってね。もし、写っていれば、彼が、片桐とも子を殺した可能性が出てくる」

と、亀井は、いった。

「健一は、フィルムを、何処へ置いてあるのかしら？」

公子は、呟きながら、そっと、子供たちの部屋を、のぞき込んだ。

六畳の洋室に、兄妹の机と、ベッドが入っている。

「探してみましょうか」

と、公子が、いった。

二人で、そっと、子供たちの部屋に入り、健一の机の引出しや、服のポケットを探してみるのだが、フィルムは、見つからなかった。カメラは、壁にぶら下っていたが、その中にも、フィルムは、入っていないのである。

（捨ててしまったのだろうか？）

もし、そうなら、健一の写真に、何か手掛かりをと思ったのだが、諦《あきら》めなければならないだろう。

翌朝、いつもは、時間帯が違うので、子供たちが寝ている間に、亀井は、出勤してしまうのだが、今日は、どうしても、写真を見たくて、健一を、起こした。

「列車の車内を写した写真が、必要なんだよ。何処にあるんだ？」

と、亀井は、きいた。が、健一は、熱のない顔で、

「ないよ」

「ない筈はないだろう。列車の中で、カメラを持って、飛び廻ってたじゃないか」

「あの日は、写さなかったんだ」

「どうして？　いつも、フィルムの二本も、三本も写すじゃないか」

「あの日は、フィルム入れるの忘れちゃったんだよ」

と、健一は、面倒くさそうにいい、そっぽを向いてしまった。

亀井は、だんだん、腹が立ってきた。見えすいた嘘と、思ったからである。健一は、小心なところがあって、明日、何処かへ出かけるという時には、前の日の夜、きちんと、用意をするのだ。フィルムだって、ちゃんと、カメラに入れてから寝るのを、亀井は、知っている。

「いい加減にしろ！」

と、亀井は、怒鳴りつけ、そのまま、家を出てしまった。

おかげで、定期券を忘れてしまい、久しぶりに、切符を買って、電車に乗る破目《はめ》になった。

十津川は、片桐とも子と、谷川弁護士の関係を、調べさせた。

谷川は、彼女が、亀井にレイプされたので、告訴したいといい、その相談にのっていたと、いっている。つまり、弁護士と、依頼人の関係ということである。

しかし、十津川は、そう見てはいない。もし、彼女が、レイプされたのなら、その相手は、谷川弁護士ではないのかと、思っていた。

西本たちは、彼女のことを、もう一度、徹底的に調べ直した。

その結果、一つのことが、印象づけられた。それは、銀座のクラブで働く同僚のホステスたちの、彼女についての証言である。

片桐とも子が、レイプされて、告訴について弁護士に、相談していたというと、ホステスたちは、一様に、笑い出した。

「それ、何かの間違いじゃないの」

と、ホステスの一人は、西本に、いった。

「なぜだ？」

「そんな純情というか、純粋な女じゃないわよ。彼女が、引っかけたというんならわかるけど」

と、そのホステスは、いった。彼女のマンションで聞いたのだから、嘘ではないだろう。他のホステスや、ママや、マネージャーに、気を遣うことはないからである。

「彼女が引っかけたというと、前にも、そんなことがあったのかね？」

と、西本は、きいてみた。

「これは、聞いた話なんだけど、彼女、土地成金のおじいさんを引っかけて、一千万ばかり巻きあげたって、聞いたことがあるわ」

「どんな風に、引っかけるんだろう？」

「古典的な方法みたい」

「古典的？」

「よくあるじゃないの。愛し合ってるように振る舞っておいて、二人だけの写真を撮るのよ。男の方は、ニヤついて、裸で抱き合ってる写真だって、喜んで撮らせるわ。その写真で、ゆするわけ。特に、相手が、妻帯者で、まじめな仕事をしていれば、何百万か何千万か、取れることになるのよ。土地成金のおじいさんも、市会議員だったから、スキャンダルが怖くて、一千万ばかり、払ったんだと思うわ」

「そういう前科があれば、レイプされたんで、告訴するというのは、おかしいね」

「そんなヤワな女じゃないって」

と、そのホステスは、いった。

もう一つは、片桐とも子が働いていたクラブに、谷川弁護士が、客として、来たことがあるかどうか、ホステスの一人一人に、聞いて廻った。谷川の顔写真を見せてである。

クラブで、ナンバーワンといわれるホステスが、谷川を覚えていた。

「四、五人で、見えたんだと思うわ。その後、一人で来たこともあったけど、一人の時は、彼女が、ぴったり、くっついてたみたいね」

と、ナンバーワンのホステスは、いった。

「それは、谷川弁護士が、彼女を、気に入っていたからかな?」

「それもあるだろうけど、彼女が、谷川さんのことを、いいカモだと、思ったんじゃないかしら」

と、相手は、笑った。

「いいカモというのは?」

「谷川さんね。自分で、大変な財産家だといっていたからだわ。それに、弁護士なら、悪い相手じゃないと、思ったんじゃないかしら」

「財産家というのは、嘘だと思うけどね」

「それなら、彼女、欺《だま》すつもりで、欺されたんじゃないかな」

と、相手は、いった。

7

どうやら、これで、レイプ云々という話は、嘘と、わかった。亀井はもちろん嘘だが、谷川弁護士が、レイプしたのでもないようだった。

片桐とも子が、金になると思って、谷川弁護士に近づいたというのが、真相と見ていいだろうと、十津川は、思った。

問題は、そのあとである。

とも子が、古典的な方法で、谷川をゆすったとする。つまり、写真を使ってである。

弁護士は、一応、正義の味方だから、スキャンダルは、命取りになりかねない。

といって、谷川の家が、資産家だという話は、聞いていないから、谷川は、今度は、彼女を欺してやろうと、考えたのではないか。

「例えば、一千万やるから、ちょっとした芝居をしてくれと、谷川は、片桐とも子に、いったんじゃないかね」

と、十津川は、亀井に、いった。

「私に抱きついて見せることですか？」

と、亀井は、例の写真を、思い出しながら、いった。

「そうだよ。まず、十一月七日のスーパービュー踊り子号に乗ること。そして、車内で、君と親しくしているように、振る舞うことをね」

「私が、寝ていなかったら、どうするつもりだったんですかかね？　それに、私の息子が、席を離れなかったら、どうする気だったんでしょう？」

と、亀井が、きいた。

十津川は、笑って、

「相手は、男に対しては、ベテランのホステスだよ。そこは、臨機応変にやる筈だったんだろうさ」

「そうでしょうね」

「そして、谷川が、写真を撮る。そのあと、ご苦労さんといって、青酸入りのコーヒーを渡す。彼女は死に、谷川は、列車から降りてしまうということだよ」

と、十津川は、いった。

「やはり、あの列車には、谷川が、乗っていたんですね」

「写真を撮ったり、毒入りのコーヒーを飲ませるのを、他人に委《まか》せたりはしないよ。失敗したら、命取りになるからね」

と、十津川は、いった。

「何とかして、谷川が、あの日、あの列車に乗っていたことが、証明できればいいんですが」

「息子さんの写真は、どうだったの？」

と、十津川が、きいた。

亀井は、首を振って、

「それが、どうも、息子の機嫌を損じてしまいまして」

と、いった。

「息子さんの写真が、駄目だとすると、他に写真を撮った乗客を探すよりないか」

「そうですね」

「その場合は、見つかっても、あまり期待は、持てないかも知れないよ」

「なぜですか？」

「息子さんなら、カメさんのことを写していると思うが、他人なら、カメさんの周辺は、撮らないから、近くに、谷川弁護士がいても、写してないだろうからね」

と、十津川は、いった。

「ただ、息子が、私の周辺を撮っていたので、まずいことになっているんですよ」

と、亀井は、いった。

「逆にいえば、期待は、持てるということだな」

「そうですが、怒って、捨ててしまっているかも知れません」

と、亀井は、悲し気にいった。

その時、若い警官が、入って来て、亀井に、紙袋を渡した。

中をのぞくと、フィルムのパトローネが三本と、メモが、入っている。メモには、妻の公子の文字で、

〈健一が、出してくれました。〈公子〉

とだけ、書いてあった。

亀井は、すぐ、三本のフィルムを、現像して貰うことにした。時間がないので、急いで貰った。

現像し、引き伸された百枚を超す写真を、机の上に並べて、十津川と、亀井が、一枚ずつ、見ていった。

鉄道マニアの健一らしく、写真の大部分は、列車そのもので、乗客は、写っていなかった。

列車の正面、側面、二階のグリーン席に行く階段、10号車のプレイルーム（子供部屋）、1号車のサロン室などの写真である。

残りの十六枚には、乗客が、写っていた。中には、片桐とも子が、亀井の隣りに、

腰を下ろしている写真もあった。カメラを向けたのが、子供だったせいか、とも子は、眠っている亀井の肩に手を回し、片手で、Vサインしている。

（これで、健一は、つむじを曲げたんだな）

と、亀井は、思った。

ビューレディを、写しているものもあった。だが、谷川が写っている写真は、見つからなかった。

「ありませんね」

亀井は、がっかりした顔で、いった。

「もう一度、見てみようじゃないか」

と、十津川はいい、人間が写っている写真だけを、一枚ずつ、もう一度、調べていった。

列車の前で、記念写真を撮っているグループは、その一人一人の顔を、虫めがねで見た。その中に、谷川がいるかも知れなかったからである。

だが、いなかった。どの顔も、谷川ではなかった。

「ないねえ」

と、今度は、十津川が、溜息《ためいき》をついた。

「残念ですが、谷川は、自分が見つかっては困るので、カメラの中に入らないようにしていたんだと思います」

と、亀井は、いった。

「そういえば、そうだな」

と、十津川は、肯いていたが、突然、立ち上がると、

「カメさん。谷川弁護士に会いに行こう」

「しかし、当事者の私が、直接会うのは、まずいんじゃありませんか？」

「いや、構わないさ。会って、文句をいってやりたまえ」

と、十津川は、いった。

タクシーで、村田法律事務所に行き、谷川弁護士に会った。

「亀井です」

と、名乗ると、さすがに、谷川は、気まずそうな顔になったが、それでも、

「あなたには、申しわけないが、事実は、曲げられないので――」

と、いった。

「なぜ、嘘をつくんですか？　私は、片桐とも子という女は、全く知りませんでしたよ」

と、亀井は、谷川の顔を、睨《にら》むように見た。

「レイプした女を、知らないというのは、まあ、無理もありませんがね」

「何だと！」

と、思わず、亀井が、怒鳴るのを、十津川は、手で制して、

「カメさん、帰ろう」

と、いった。

法律事務所を出たところで、亀井は、

「警部」

「何だい？」

「あれだけのために、谷川に会いに行ったんですか？　他に、用があったんじゃないんですか？」

と、亀井は、思わず、文句をいってしまった。

十津川は、笑って、

「用は、すんだんだよ」

「どんな用ですか？」

「戻ってから、話すよ」

と、十津川は、いった。

警視庁に帰ると、十津川は、もう一度、机の上の写真を、見ていった。

「カメさん」

と、十津川が、急に、興奮した声を出した。

「何です？」

「谷川は、やっぱり、乗っていたんだよ」

「そうでしょうが、写真がなければ、どうしようもありません」

「あるよ。ここに、ちゃんと写っているよ」

と、十津川は、一枚の写真を、指さした。

亀井は、変な顔をして、

「これは、1号車の二階のグリーンですが、後方から、前部の展望を、撮った写真ですよ。人間は、一人も、写っていませんよ」

「写っているじゃないか。手前に、大きく、人間の左手が写ってるよ」

「これは、座席に置いている乗客の左手ですが、顔は、写っていませんが」

「そうさ。だが、その左手をよく見てみたまえ。指先をだ。小指に、指輪をはめている。それも、面白い模様のついた金《きん》の指輪だよ。花の模様が、彫り込んであるんだ。

これは、すずらんだ」

「そういえば、すずらんみたいですが」

「それで、今日、谷川に、会いに行ったんだ。カメさんが、喋っている間、私は、彼が、左手の小指にはめている指輪だけを見ていた。間違いなく、これと同じ指輪だったよ」

十津川は、きっぱりと、いった。

「それなら、もう間違いありませんね」

「もう一つ、写真の左手の手の甲に、小さい傷が、見えるだろう。明らかに、ナイフか何かで切った傷だ。治《なお》ったが、傷痕《きずあと》が、残ったというやつだ」

「その傷も、ありましたか？」

亀井が、きくと、十津川は、嬉《うれ》しそうに、

「ピンポーン」

と、おどけて、いった。

8

問題の写真は更に、大きく引き伸された。

左手の指輪と、傷も、大きく、はっきりしてきた。

それに、よく見ると、前から、何番目の座席かも、わかってくる。

前から五列目の、通路側の座席である。

亀井の顔が、輝いた。

「片桐とも子が、死んだ座席は、前から五列目でしたよ。窓側でしたが」

「つまり、最初、谷川は、彼女の隣りに、腰を下ろしていたんだよ。それから、彼女を、君の隣りに座らせて、写真を撮り、そのあと、毒入りのコーヒーを、飲ませたんだ」

「そう思います」

と、亀井は、肯いた。

「しかし、車掌は、片桐とも子の顔は、覚えていたが、その隣りの男が、谷川だとは、覚えていなかったんじゃありませんか？」

と、いったのは、西本刑事だった。

十津川は、笑って、

「それでいいんだよ」

「というのは、どういうことなんですか？」

「谷川弁護士が、素顔で乗ったとは、思わないんだよ。とにかく、車内で、片桐とも子を毒殺するんだからね。だから、きっと、変装して、乗っていたと思うよ。かつらをかぶるとか、眼鏡を変えるとか、つけひげをするとかね。だから、健一君の写真に、谷川の顔が写っていなくて、かえって、よかったんだよ。もし、写っていても、谷川と、わからなかったかも知れないからね。この左手の写真の方が、谷川であることの証明になるし、彼は、絶対に、写真に撮られていないという自信があるんだろう」

と、十津川は、いった。

「これから、どうしますか？」

西本がきいた。

十津川は、ニッコリして、

「もちろん、逮捕する」

と、いった。

十津川たちが、逮捕令状をとって、村田法律事務所に出向くと、谷川弁護士は、眼をむいた。

「部下の亀井刑事を、かばいたい気持はわかりますが、証人の私を逮捕して、口封じを図るのは、卑劣すぎませんか?」

と、谷川は、いった。

村田所長も、十津川を睨《にら》んで、

「谷川弁護士は、事件の日、自宅で、寝ていたんですよ。風邪をひいてですよ。それが、なぜ、車内で、被害者を、毒殺できるんですか?」

「谷川弁護士は、乗っていたんですよ」

と、十津川は、いい、問題の写真を見せた。

十津川が、写真の左手について、説明していくにつれて、村田所長の顔色が、変わっていった。

谷川弁護士は、不安気に、村田を見ている。

十津川が、写真に写っている指輪について、説明を始めると、村田の表情は、更に暗くなっていった。

(この所長は、谷川の指輪のことを、よく知っているんだ)

と、十津川は、思った。

「私は、関係ない。七日は、家にいたんだ。スーパービュー踊り子号には、乗ってなかったよ」

と、谷川は、大声で、わめいた。

今まで、谷川を擁護していた村田は、急に、冷たい口調で、

「谷川君。黙っていたまえ」

と、突き刺すように、いってから、十津川に、

「彼が乗っていたとして、なぜ、亀井刑事を罠にかける必要があるんですかね？」

と、きいた。

谷川も、力を得たように、

「そうだ。私には動機がない。私は、前から亀井刑事を知っていたわけじゃないんだから」

と、いった。

「谷川さんの娘さんのことが、動機だと思っていますよ」

と、十津川は、いい、谷川の離婚のこと、母親についた娘が、グレて、青年と車を盗み、暴走して、死亡するまえ、その車を追ったパトカーに、亀井が乗っていたこと

を、話していった。

今度は、谷川本人の顔が、急速に、青ざめていった。

「あんな娘のために、なぜ、私が、仇《かたき》を討たなければならないんだ！　私のことなんか、バカにしていた娘のために、なぜ私が――」

谷川の声が乱れ、急に、泣き出した。

十津川も、気付かなかったのだが、谷川弁護士にとって、一人娘の存在は、アキレス腱《けん》だったらしい。恐らく、彼女を、谷川は、溺愛《できあい》し、同時に、憎んでいたのだろう。だから、十津川が、彼女のことに触れたとたんに、谷川は、激しく動揺してしまったのだ。

「わかりました」

と、村田所長は、かたい表情で、十津川にいった。

そんな所長の態度に、谷川は、狼狽《ろうばい》した顔で、

「所長。妥協しないで下さい。私は、別れた家内も、娘も、愛してなんかいませんでしたよ。あんな娘のために、仇討ちなんかしませんよ！」

と、甲高《かんだか》い声をあげた。

「谷川君」

と、村田は、抑えた声で、呼びかけて、

「私はね。君がいつも、若い女の写真を、机の中に入れているのを、知っているんだよ。あれが、君の娘さんの写真なんだろう？」

「――――」

「十津川さん」

と、村田は、十津川の顔を見て、

「私が、谷川君の弁護を引き受けますよ。今度は、バカなことをしたが、いい奴ですからね」

と、いった。

*

谷川弁護士を逮捕したあと、十津川は、静岡県警にも、この間の事情を、電話で説明した。

最初は、驚き、疑問を持って、質問をぶつけてきたが、最後には、納得してくれたようだった。

十津川は電話を置くと、今度は、亀井に向かって、

「これで、事件は終わったが、カメさんは、当分、健一君に、頭が上らないね。彼の写真がなかったら、なかなか、カメさんの無実を証明できなかった筈だからね」

と、いった。

「その通りです。今回は、息子に助けられました」

と、亀井は、いった。

この日、家に帰る途中、亀井は、新宿でおりて、カメラ店に寄った。

息子の健一は、三年前に買い与えたカメラを使っていて、毎年のように、新しいカメラが欲しい、列車の写真を撮るのに、望遠レンズつきのカメラが欲しいと、いっていたのを、思い出したからだった。

まだ、年末のボーナスには、間があるので、高いカメラは買ってやれない。だから、カメラを安く売るという専門店に、やって来たのである。

「望遠レンズのついているカメラが、欲しいんだがね。多少、旧式でもいいんだ」

と、亀井は、店員にいった。

普通と、望遠の二通りに切りかえられるカメラがあると、店員は、いった。その中から、去年に発売されたものを、三割引で買って、家に帰った。

だが、健一は、もう寝てしまっていた。

亀井は、メモ用紙に、「写真をありがとう。おかげで、パパは、助かった。これは、そのお礼だ」と、書いた。

「これを、明日、健一に渡しておいてくれ」

と、亀井は、妻の公子に、いった。

見知らぬ時刻表

1

日頃、事件に追われて、家族との対話の少ない捜査一課の亀井刑事は、非番の日は、努めて、妻や子供と、過ごすことにしていた。

その日が、日曜日なら、子供たちを連れて、遊園地や、映画を見にいったりする。

十二月初旬のその日も、日曜日と非番が重なったので、亀井は、妻や子供たちを連れて、後楽園へ出かけた。

風がない日で、春のような暖かさだった。

小学生の子供二人が、ジェットコースターなどで、遊びに夢中になっているのを、亀井は、妻と二人、ベンチに腰をおろして、見守った。

こんな時の亀井は、平凡な父親でしかない。

帰りに、国電水道橋駅近くの喫茶店で、ケーキと、コーヒーを注文した。

子供二人は、ケーキとミルクである。

亀井が、コーヒーをブラックで飲んでいると、長男で、小学校六年の健一が、急に、腰をもぞもぞさせ、お尻の下から、紙を一枚取り出して、テーブルの上にのせた。

「こんなものが、落ちてたよ」

と、健一が、亀井にいった。

細長い紙である。一杯、数字が書いてあった。

「どれ、見せてごらん」

亀井は、テーブルの上から、その紙片をつまみあげた。

数字が、タテに並んでいた。

9001
900⑨
(907)
〈924〉
(1007)
(1026)
1045
(1100)
1131
1231
(1301)
〈1355〉
(1418)
〈1500〉
1557
1630

ボールペンで書いたもので、どうやら、手帳のページらしい。

（数字ばかりだな）

と、亀井は、呟《つぶや》いた。

妻の公子が、覗《のぞ》きこんだが、首を振って、

「何でしょうね？」

「何かのメモだろうが、わからん」

別に、事件というわけでもないので、亀井は、深く考えなかったが、丸めて捨てる気にはなれず、小さくたたんで、ポケットに入れた。

翌日、警視庁の捜査一課に出たが、不思議に、事件のない日だった。

昼休みに、亀井は、ポケットのなかに、例の紙片が入っているのに気がついて、取り出して、眺めた。

若い西本と、日下の二人の刑事が、寄ってきて、

「何ですか？　それ」

「まさか、競馬か、競輪の出走表じゃないでしょうね」

「そうかもしれないぞ。カメさんも、すみに置けないから」

二人の若い刑事が、いいたいことをいう。

亀井は、苦笑して、

「私が馬券を買うのは、ダービーのときだけだ。これは、昨日、後楽園へ子供を連れていった帰りに、コーヒーを飲みに入った喫茶店に落ちていたんだ」

「後楽園なら、やっぱり、競輪ですよ。日曜日なら、競輪をやってますからね」

「すると、あの数字は、時間だというのか？」

「ええ、最初の９００１は、何のことかわかりませんが、次の９００は、九時のことじゃありませんか。次が、九時〇七分、九時二四分。そして、最後が、一六時三〇分です。どうです。ぴったりくるじゃありませんか」

西本が、得意そうに、いった。

「なるほどね。確かに、時間のようだ。だが、競輪じゃないよ。競輪の発走というのは、一定の間隔で、おこなわれるはずだ。これは、ばらばらだ」

「じゃあ、時刻表でしょう。それなら、ばらばらな数字が、わかりますよ。何かの列車の主要駅の発着時刻じゃありませんか？」

「君も、時には、まともなことをいうじゃないか。時刻表を持ってきてくれ」

と、亀井は、いった。

西本が、棚から、時刻表を持ってきた。

「九時発車で、一六時三〇分着の列車だな」

と、亀井は、呟いた。

「しかし、どこの駅が出発なのか、これじゃあ、わからないね」

「常識的に見れば、水道橋の喫茶店にあったのなら、東京駅じゃありませんか」

日下が、いった。

「それで見てみよう。午前九時ちょうどに、発車する列車があるかな」

亀井は、時刻表のページをめくっていった。

まず、新幹線の時刻表である。

九時〇〇分東京発の「ひかり23号」というのがあった。しかし、次の停車駅は、名古屋で、これは、一一時〇一分である。ぜんぜん一致しない。

次は、在来線のほうだった。

東海道本線にも、九時〇〇分発があった。

L特急の「踊り子3号」である。

九時〇〇分東京発のこの列車は、次の品川は、九時〇七分発になっている。

「ぴったり一致するじゃないか」

亀井は、パズル遊びをしている子供みたいに、嬉《うれ》しそうな顔をした。

日下が、横から覗きこんだ。

「『踊り子3号』は、その次に、川崎停車で、九時一七分。これは、カメさんのメモには、書いてありませんね。その次は、横浜着九時二四分。これは、ぴったり一致してますよ」

「そうだな。何となく『踊り子3号』の時刻表に似ているね」

亀井は、紙片の数字と「踊り子3号」の時刻表を、並べてみた。

熱海までは、よく似ている。違っていても、一分である。

だが、その先が、まったく違っていた。

「踊り子3号」の場合は、伊豆急下田一一時四七分で、終わってしまうからである。

次は、上野発の列車を調べてみる。

東北本線は、上野を、九時ジャストに発車する列車がない。

常磐線も、八時〇〇分と、九時一〇分というのはあるが、九時ちょうどという列車は見つからなかった。

大宮発の東北新幹線と、上越新幹線には、東北新幹線のほうに、九時〇〇分発があったが、次の停車駅宇都宮が、九時三一分で、違っている。

「どうも、時刻表とは違うようだぞ。第一、時刻表には、マルカッコや、カギカッコは、ついてないじゃないか」

亀井が、お手上げの格好でいったとき、事件発生のしらせが入った。

2

正確にいうと、沼津市内で起きた事件である。

沼津市内で、ひとりの女が殺された。

名前は、名取《なとり》かおる。年齢二十五歳。所持していた運転免許証によれば、住所は、東京の練馬区石神井《しゃくじい》である。

静岡県警からの捜査依頼だった。

「被害者は、今日の午前十時三十分に、沼津駅近くのラブホテルで殺された」

と、十津川警部は、メモを見ながら、亀井と、日下に、いった。

「十時三十分というのは、間違いないんですか？」

亀井が、きく。死亡時刻が、はっきりしている事件というのは、少ないからである。

「ラブホテルの従業員が、発見したとき、まだ、かすかに、息があった。救急車で、病院に運ぶ途中で死亡した。その時刻が、十時三十分だったといっている」

「刺されて、殺されたんでしたね？」

「そうだ。胸を、ナイフで刺されていたそうだ。指紋はついていなかった。静岡県警は、前日の夜、一緒に泊まった男を、犯人と考えている」

「ラブホテルの従業員は、その男の顔を見ていないんですか？」

若い日下がきくと、十津川は、笑った。

「県警の話では、そのラブホテルは、従業員と、顔を合わせずに、部屋に入れるようになっているそうだ。料金を払うと、部屋のキーが出てくるようになっているやつだよ」

「どんなカップルだったんですかね？　にわか作りのカップルだとすると、男を見つけ出すのは、骨ですよ」

亀井が、いった。

「それは、わからないが、金や、腕時計を盗まれてはいないそうだ」

「すると、怨恨《えんこん》ですか？」

「その可能性が高いようだ。ただのカップルなら、ナイフを持って、ラブホテルに泊まったりはしないだろう。男は、最初から、殺すつもりで、ラブホテルに入ったのかもしれない。だから、名取かおるというこの被害者の身元を洗って、関係のある男を見つけ出してくれ」

「わかりました」

亀井は、日下を促して、警視庁を出た。

最近、東京でも、ラブホテルのなかで、女性が殺される事件が、頻発している。犯人は、なかなか、捕まらない。いきずりにできたカップルということもあるが、一番の問題は、ラブホテルが、従業員に顔を見られずに入れるものが多いことだった。今度の犯人も、それで、沼津のラブホテルを、利用したのだろう。

亀井は、日下と、石神井に着いた。

名取かおるの家は、マンションの一室だった。

六階建てのマンションの五〇二号室である。

管理人に、開けてもらって、なかに入った。

2LDKのなかなか、豪華な部屋である。

「名取かおるさんは、何をしていたか、わかりますか?」

と、亀井は、管理人に、きいた。

「銀座のクラブで、働いているということですよ」

管理人が、ニヤッと笑っていった。

「じゃあ、ホステスですか?」

「そうらしいですね。名取さんが、どうかしましたか？」

「殺されました」

「え？」

「店の名前は、しりませんか？」

「二、三度、きいたことがあるんですよ。ええと――そうだ。『かえで』という名前ですよ」

「カメさん」

と、部屋を調べていた日下が、亀井を呼んだ。

「どうしたんだ？」

「これを見て下さい」

日下は、一枚の写真を、亀井に見せた。

名取かおると、四十歳くらいの男が、仲よさそうに、写っていた。

「他にも、同じ男の写真が、四、五枚ありました。他の男の写真は、ありません」

「恰幅《かっぷく》のいい男だな」

「これが、犯人ですかね？」

「さあね。容疑者一号といったところだろう」

亀井は、その写真を、管理人に見せた。

「この男が、このマンションに、きたことがありますか?」

「いや。見たことは、ありませんよ」

管理人が、首を振った。

亀井は、写真を、ポケットに入れた。

「夕方になったら、銀座へいってみよう」

3

「かえで」という店は、新橋寄りの、雑居ビルの五階にあった。

近くで、夕食をすませてから、亀井と、日下は、その店にいき、ママに会った。

「名取かおるさんは、ここで働いていたんですね?」

亀井が、きくと、和服姿のママは「ええ」と、うなずいた。

「でも、あの娘、昨日から休んでますけど」

「実は、沼津で、殺されました」

「え?」

ママは、本当に、びっくりした顔になった。

「本当なんですか？」

「そうです。沼津のラブホテルで、殺されました。胸を刺されてね」

「誰が、そんなことを――？」

「それで、この写真を見て下さい」

亀井は、持ってきたカラー写真を、ママに見せた。

「しっていますか？」

「ええ」

ママは、あっさりうなずいた。

「名前は、何というのか教えて下さい」

「加藤《かとう》さんですわ。M商事の部長さんですわ。時々、きて下さいます」

「この店の常連ということですか？」

「ええ。よく、お得意さんを連れて、きていただいていますわ」

「この写真を見ると、名取かおるさんと、相当仲がよかったようですね」

「それで、心配していたんですよ」

「心配というと？」

「加藤さんは、エリート社員ですよ。四十歳で、M商事という一流会社の部長さんですもの。それに、なかなか美男子で、女性にもてるんです」

「プレイボーイ?」

「ええ」

「だから、心配していたんですか?」

「そうですわ。この娘は、美人だし、優しいし、人気はありましたけど、やはり、ホステスですわ。加藤さんのほうは、エリートだし、将来の重役候補、それに、奥さんだって、いらっしゃるし——」

「なるほど」

「それなのに、彼女は、夢中になってしまったんですよ。加藤さんは、奥さんと離婚して、お前と一緒になるといったって、彼女はいってましたけど、そんな男の約束なんか、当てになりませんわ」

「加藤さんのほうは、もて余していたんですかね?」

「それは、あったと思いますよ。あの娘は、自分と結婚してくれないのなら、奥さんのところに怒鳴りこむと、加藤さんを、脅していたみたいだし——」

「なるほどね。彼女は、開き直っていたわけですか」

「ええ」

「昨日から休んでいるといいましたが、沼津へいくというようなことは、いっていませんでしたか？」

「それは、きいていませんわ。でも、他の娘が、きいているかもしれませんわね」

ママは、殺された名取かおると、仲がよかったホステス二人を、カウンターに呼んでくれた。

二人とも、名取かおるが、殺されたことをきくと、一様に、顔色を変えていたが、

「一昨日は、彼と一緒に、旅行するんだと、はしゃいでいたんですよ」

と、ひとりが、いった。

「一昨日にね。彼というのは、加藤さんのことですか？」

「と、私は、思ってましたけど。でも、確かめたわけじゃありませんわ。彼女は、彼といっただけだから」

「旅行は、どちら方面にいくといっていました？」

「それも、きいていませんわ。のろけられるのも馬鹿らしいから、それ以上、きかなかったんです」

「加藤さんという部長が、最近、ここへきたのは、いつですか？」

「一昨日じゃなかったかしら？」

「名取かおるさんが、あなたに、彼と旅行するといった日ですね？」

「ええ。そして、昨日から休んでいるんで、ああ、彼と旅行にいってるんだなと、思っていたんです」

「彼女と、加藤さんの間は、うまくいっていたんですか？　ママは、加藤さんのほうが、もて余していたんじゃないかといっているんだが」

亀井がきくと、二人のホステスは、顔を見合わせていたが、

「そうねえ。最近は、彼女のほうが夢中で、どうしても、加藤さんと結婚したいっていってたから、そうかもしれないわ」

と、ひとりがいった。

「加藤さんは、結婚する気はなかったのかな？」

「そんな気なんか、あるもんですか」

と、ホステスは、吐き捨てるように、いった。

4

「加藤という男は、動機ありですね」

外に出たところで、日下が、いった。

「そうだな。もて余して、殺したということは、十分に考えられるが――」

と、亀井は、言葉を切ってから、

「問題は、今、どこにいるかだ。それに、アリバイだ」

二人は、警視庁に帰ると、十津川に報告してから、静岡県警にも、連絡した。

加藤の写真も、電送された。

翌日、十津川は、東京駅前に本社のあるM商事に電話をかけた。

「そちらに、加藤さんという部長さんが、いらっしゃいますね？」

と、十津川がいうと、交換手は、

「第二営業部長の加藤でございますか？」

「他に、加藤という部長さんは、いらっしゃいますか？」

「いいえ」

「では、その加藤さんに、つないで下さい」

「お待ち下さい」

と、交換手がいい、すぐ、若い男の声に代わった。

「こちら、第二営業部ですが」

「加藤部長さんは、いらっしゃいますか？」

「今、加藤は、大阪に出張で、いっております」

「いつから、いっているんですか？」

「昨日からです。新大阪ホテルに泊まっておりますので、急用でしたら、ホテルのほうへ、お電話下さいませんか。今日は、十時になると、大阪鉄工ＫＫのほうへいくことになっております」

と、相手がいう。

十津川は、腕時計を見て、九時十三分であることを確かめてから、新大阪ホテルのほうへ、かけた。

Ｍ商事の加藤という名前をいうと、ホテルの交換手が、すぐ、つないでくれた。

「加藤ですが」

という、落ち着いた男の声がきこえた。

「警視庁の十津川といいます」

「警察が、私に、何の用ですか？」

「名取かおるという二十五歳の女性を、ご存じですね？」

「いや。しりません」

「彼女は、銀座のクラブ『かえで』のホステスです。加藤さんとは、かなり親しくしていたようですがね」

「名取かおる？」

と、加藤は、考えてから、

「ああ、久美《くみ》のことでしょう。店では、久美と呼ばれていたものですから、そちらのほうを覚えてるんです。彼女が、どうかしましたか？」

「死亡しました。沼津市内のラブホテルで、殺されました」

「殺された――それで、犯人は、捕まったのですか？」

「そのためにも、あなたの力を貸していただきたいのです」

「どうすればいいんですか？」

「取りあえず、私の質問に、正直に答えて下さい。昨日の午前十時半頃、どこにいましたか？」

「昨日の十時半ですか。私の家が、成城にあるんですが、大阪へいくので、そろそろ、家を出るところじゃなかったかな」

「昨日、大阪へいかれたわけですか?」

「そうです。午前一一時二四分の『ひかり151号』に乗りましたから、十時半というと、家を出るところぐらいだったと思いますよ」

「奥さんは、その時、家にいらっしゃいましたか?」

「いや、母親が倒れたので、実家へ帰っていましたよ。実家は、福井です」

「では、昨日は、加藤さんひとりだったわけですか?」

「そうです。三日前から、やもめ暮らしをしておりましたよ」

と、加藤が笑った。

「一一時二四分東京発の『ひかり』に乗られたんでしたね?」

「そうです」

「それを、証明できますか? 昨日、その列車に乗ったということをです」

「証明といわれてもねえ。そうだ。新大阪駅に、大阪支社の者が、二人迎えにきてくれていましたよ。確か、業務部の二宮《にのみや》と、田中《たなか》君だったと思います。一四時三四分着のひかりに乗ると、電話しておいたので、迎えにきてくれていたんです。あの二人が

『ひかり151号』に乗ってきたことを、証言してくれるはずです」

「二宮さんと、田中さんですね」

　と、十津川はメモしてから、

「ところで、名取かおるさんについて、どう思いますか？」

「急にいわれても、困りますね。綺麗《きれい》な女性なので、好きでしたが、それだけですよ」

「ママや、同僚のホステスは、彼女が、あなたに対して、熱をあげ、あなたが、もて余していたと証言していますが、この点は、どうですか」

「まあ、光栄ですが、私が客で、よく、お得意を連れていくので、大事にしてくれていただけですよ。それに、彼女は、誰にでも、惚《ほ》れるタイプですから、私と、特別な関係というのは、間違いですよ。普通の客とホステスの関係ですよ」

「しかし、加藤さん。名取かおるは、一昨日、彼と、旅に出ると喜んでいたそうなんです。その彼というのは、あなたのことだと、皆が、いっていましたがね」

「それは、何かの間違いでしょう。今もいったように、私は、昨日、一一時二四分東京発の『ひかり』で、こちらへきたんです」

「それは、会社へ出ずに、直接、東京駅へいかれたわけですか？」

「そうです。前日に、大阪支社へいくことはいってありますからね」

「しかし一一時二四分発というのは、少し遅いんじゃありませんか？」

十津川がきくと、加藤は、電話の向こうで、小さく笑った。

「午後三時に、大阪へ着けばいいことになっていたからですよ。それに、支社での会議が午後四時から開かれることになっていましたから、それに間に合うように、いったわけです。あまり早くいって、支社のなかを、うろうろしていては、かえって、気遣いをさせるだけですからね」

「なるほど。わかりました」

「私は、M商事の部長の椅子にある者です。殺人なんかやりませんよ。下らん」

最後は、吐き捨てるようにいって、加藤は、電話を切ってしまった。

5

「どうですか？　電話されて、加藤という男の感触は」

亀井が、きいた。

十津川は、すぐには、返事をせず、考えていたが、

「わからないな。自信満々に答えていたよ。それが、シロだからか、逆に、犯人だが、絶対に、捕まらないと思っているからなのか、どちらとも取れる感じだよ。最後に、M商事の部長だから、殺人なんかやらんといったよ」

「人を殺すのは、肩書でやるもんじゃないでしょう」

と、亀井が、笑った。

十津川は、立ちあがって、黒板の前にいくと、加藤がいった昨日の彼の行動を、時間を追って書いていった。

◎一〇時三〇分頃　成城の家を出る
○一一時二四分　「ひかり151号」
　　　　　　　　東京発
◎一四時三四分　新大阪着
　　　　　　　　支社の二宮、田中が、駅に迎えにきていた

書いておいてから、十津川は、M商事の大阪支社に電話をかけ、業務部の二宮という社員に出てもらった。

若い男の声が、電話口に出た。

「ええ。確かに、昨日、新大阪へ、加藤を迎えにいきました」

「一四時三四分の『ひかり151号』で着くと、前もって、連絡があったんですね？」

「はい。一昨日、連絡がありましたから」

「どこで、待っていたんですか？」

「ホームでです」

「それで、加藤さんは、ちゃんと、列車から降りてきましたか？」

「はい。グリーン車から、降りてきましたが、それが、何か？」

二宮が、きき返した。

「それ、間違いありませんか？」

と、十津川は、構わずに、きいた。

「もちろん、間違いありません。私と、田中君が、ホームで待っていたら、一四時三四分着の『ひかり』が入ってきて、グリーン車から、加藤部長が、降りてきたんです。12号車です。それから、車で、ホテルへお送りしました」

「支社の会議に出られたんでしょう？」

「はい。会議は、四時からなので、いったん、ホテルへ入って、それから、部長は、出席したわけです」

「もし、嘘《うそ》をつかれていると、偽証罪になりますよ」

「嘘なんかつきませんよ。なぜ、私が、嘘をつかなければ、ならないのですか」

二宮は、憤然とした口調でいった。

「事実なら、問題は、ありません」

十津川は、そういって、電話を切った。

加藤が、昨日、新幹線で、新大阪へいき、一四時三四分に着いたことは、まず、間違いないようである。

だが、加藤が犯人だとすれば、新大阪へ着くまでの間に、沼津で、邪魔になる名取かおるを殺したのだ。

問題は、十時三十分に、沼津のラブホテルで、殺人を犯して、十四時三十四分に新大阪駅に着く「ひかり151号」に乗れるかということである。

十津川と、亀井は、時刻表を見て、大阪方面行の列車を調べてみた。

沼津には、新幹線は、停車しない。

とすれば、沼津からは、在来線に乗って、静岡か名古屋までいき、新幹線に乗りかえたことになるだろう。

東海道本線のページを開くと、新幹線の改善で、本数が少なくなっていることに気がつく。

十時三十分頃、沼津から西へいく列車は、次のとおりである。

乗ったとすれば、一〇時五六分沼津発の列車だろう。しかし、名古屋まで、この各駅停車でいったのでは、絶対に間に合わない。名古屋で、一四時五三分になってしまうからである。

とすれば、この列車で、静岡までいき、静岡から、名古屋まで「こだま」を使い、名古屋から「ひかり」に乗ったに違いない。

その「ひかり」が、新大阪着一四時三四分の「ひかり151号」なら、彼のアリバイは崩れるのだ。

果して、この列車に、名古屋で乗れるかである。

一一時五四分に、静岡に着けたとすると、何時発の「こだま」に乗れるのだろうか？

一二時〇四分静岡発の「こだま451号」というのがある。

この列車に乗ると、名古屋着が、一三時一八分になる。

一方「ひかり151号」の名古屋発は一三時二七分だから、間に合うのである。

「加藤のアリバイが崩れましたね」

と、亀井が、いった。が、十津川は、首を振って、

「駄目だよ。この『こだま451号』は、季節列車なんだ。運転期日のところを見てみたまえ。十二月三十日と、一月三〜五日しか運転しないんだ。事件の起きた十二月七日は、運転していないんだ」

「そうですね。参ったな」

「この列車が駄目だとすると、静岡に停車する次の『こだま』は、一二時一六分発の『こだま233号』だ。この列車は、新大阪行だが、そのまま新大阪まで乗っていく

	(熱海発各駅)	(熱海発各駅)
沼津発	10.56	11.26
	↓	
静岡着	11.54	12.24
	11.56	12.26
	↓	↓
浜松着	13.07	13.38
	↓	
名古屋着	14.53	

と、一四時五四分に着く。これでは、二十分おそくなってしまう。名古屋で降りて、乗りかえるより仕方がないが、名古屋着は、一三時三〇分だ」

「問題の『ひかり151号』は、名古屋着が一三時二五分。発車が一三時二七分ですから、乗れませんね」

「そうだ。乗れないいんだよ。十時三十分に、沼津で殺人をやったら『ひかり151号』には、乗れないんだ」

「すると、加藤は、シロということになってしまうわけですか？」

「あとは、列車を使わずに、車を走らせた場合だな。沼津のラブホテルで、名取かおるを殺したあと、車を飛ばして、名古屋で『ひかり151号』に乗れるかどうかということになる。これは、静岡県警に、調べてもらおう」

と、十津川は、いった。

6

静岡県警は、沼津署に、捜査本部を置いて、事件を追っていた。

警視庁からの連絡で、M商事の加藤部長が、容疑者として、浮かびあがってきた。

問題は、沼津駅近くのラブホテルで、午前十時三十分に、名取かおるを殺した犯人が「ひかり151号」に乗って、一四時三四分に、新大阪駅に着けるかということである。

警視庁からの連絡によれば、列車を利用したのでは、不可能だということだった。車を利用すれば、可能かどうかを、こちらで、調べなければならない。

問題のラブホテルは、国鉄沼津駅の近くにある。歩いて、七、八分のところである。

車で、新大阪に向かうとしたら、どんな道順を選ぶだろうか？

国道一号線に近いが、渋滞も考えられるし、信号も多いから、時間が、かかるだろう。

一番早い方法は、東名高速に入ることである。

沼津駅の北に、沼津インターチェンジがある。ラブホテルを出て、車で、沼津インターチェンジまでいくのに、三十分かかる。東名高速に入ったあと、新大阪まで走っては、とうてい間に合わない。新幹線は、時速百六十キロぐらいで走っているからである。

名古屋まででも間に合わない。新幹線は「こだま」でも、百キロを超すスピードで走るからである。

とすれば、沼津と静岡の間を、東名高速で突っ走って、静岡駅から「こだま」に乗って名古屋へいき、名古屋から「ひかり151号」に乗りかえる方法が、一番早い。

もし、これで間に合わなければ、加藤のアリバイは、成立してしまう。

静岡県警の二人の刑事が、実際に、車で走ってみた。

ラブホテルから、三十分で、沼津インターチェンジで、東名高速に入った。

静岡に向かって、百キロのスピードで、車を走らせた。

三十分で、静岡インターチェンジに到着。ここから、静岡市内に入り、国鉄静岡駅に向かった。

信号待ちや、渋滞があったが、そうしたロスは、無視することにした。加藤が走った時には、スムーズにいったかもしれないからである。

二十分で、国鉄静岡駅に着く。

車を降り、切符を買わずに、改札口を通る。加藤は、前もって、新幹線の切符を買っておいたに違いないからである。

警察手帳を見せて、改札口を抜けた二人の刑事は、新幹線ホームに向けて、階段を駆けあがった。

車を降り、改札口を抜け、ホームに向けて、階段を駆けあがるのが、意外に、時間がかかる。八分かかってしまった。

沼津駅近くのラブホテルから、静岡駅の新幹線ホームまでの所要時間は、合計、一時間二十八分ということになった。

十時三十分に、ラブホテルを出たとすると、静岡駅の新幹線ホームには、十一時五十八分に着くわけである。

「十一時五十八分か」

二人の刑事は、その数字を見て、唸《うな》ってしまった。

静岡を、一一時五二分に出る「こだま229号」があって、この列車に乗れば、名古屋で「ひかり151号」に乗りかえられるからである。また、この「こだま」は新大阪まで乗っていっても「ひかり151号」より四分早く着けるのだ。

その差は、わずか六分である。

沼津の現場から、静岡駅の新幹線ホームまでの間に、六分間短縮できれば、加藤は、名取かおるを殺して「ひかり151号」に乗り、何くわぬ顔で、新大阪駅にいけるのである。

一時間二十八分のなかの六分を短縮するのは、絶対に、不可能ではないだろう。

東名高速も、もう少しスピードを出して飛ばすとか、沼津のラブホテルから、沼津インターチェンジまでを、もう少し早く走らせればいいのだ。

そうすれば、ぎりぎりで、間に合う。

「しかしねえ。加藤はエリート社員だろう。部長の地位をかけて、殺人を犯したとしたら、そんな綱渡りみたいな計画を立てるだろうか。鉄道みたいに、九十パーセント、時刻表どおりに動く列車を利用する場合なら、一分きざみの計画でもいいが、車の場合は、どこで渋滞に巻きこまれるかわからないからね。二、三十分の余裕は、見ておかなければならないんじゃないか？」

刑事のひとりが、思案顔で、いった。

「しかし、警視庁からの話では、国鉄を使ったのでは、加藤は、殺人のあと、一四時三四分に新大阪には着けないんだぜ。となれば、車を利用したとしか考えられないじゃないか」

もうひとりが、反論した。

二人の意見の違いは、沼津署へ戻ってからも、続いたが、それをきいていたベテランの寺西《てらにし》という刑事が、

「そりゃあ、駄目だよ」

と、いった。

「どうしてですか？」

「事件のあった日に、日本平インターチェンジの近くの下り線で、タンクローリーが、横転事故を起こし、下り車線が、一時間にわたって、閉鎖されたんだよ。それは、十時頃だったと思うがね」

「本当ですか」

若い刑事は、あわてて、新聞の綴《つづ》りを持ってきた。

なるほど、出ていた。

午前十時五分頃、東名高速の日本平インターチェンジ近くで、大型のタンクローリーが横転し、そのため、下り車線が、一時間にわたって、閉鎖されたとある。片側通行にしたのだが、ここで、十五、六分は、おくれてしまうだろう。

「そんな事故でなくても、小さな事故でも、五、六分は、おくれてしまう。車の正確な到着時間は、計算できないよ。私は、加藤が犯人だとして、車は、使わなかったと思うね」

と、寺西が、いった。

「しかし、鉄道も、駄目なんですよ」

若い刑事のひとりが、肩をすくめるようにしていった。

7

問題は、また、東京に投げ返された感じだった。

静岡県警でも、謎の解明に当たるだろうが、警視庁としても、何とかして、加藤のアリバイを崩す必要があった。

「もう一度、時刻表を見てみましょうか？」

日下がいうのに、亀井が、

「何回見ても同じだよ。うまく間に合うような列車がないんだ」

と、いった。

「しかし、加藤が犯人なら、可能だったわけでしょう」

西本が、首をかしげながらいったとき、十津川警部が、入ってきた。

「今、静岡県警から、新しい連絡がはいったよ」

「何か、可能な方法が見つかったんですか？」

亀井が、期待してきいた。

「いや、逆なんだ。例のラブホテルを、十時三十分に出発して、実際に、列車で、静岡までいってみたというんだ。時刻表では駄目だが、実際には、可能かもしれないというんでね」

「それで、やっぱり、駄目だったんでしょう？」

「そうらしい。ラブホテルは、駅近くにあるから、沼津駅まで、五分でつけた。十時三十五分だ。この時間の大阪方面行の下り列車は、一〇時五六分発の普通列車しかないので、それに乗って、静岡へいき、そこから『こだま』に乗った。ところが、普通列車の静岡着は、一一時五四分なので、一二時一六分静岡発の『こだま２３３号』にしか乗れなかった。これでは、名古屋に着いたときには『ひかり１５１号』は、三分前に発車していたそうだ」

「われわれが、時刻表で調べたとおりですね」

「つまり、これで、加藤のアリバイは、完全なものになったわけだよ」

十津川が、ぶぜんとした顔で、いった。

「しかし、警部。加藤の他に、名取かおるを殺すような人物は、浮かんでこないんですがね」

亀井は、じっと、考えこんだ。

加藤は、犯人ではないのだろうか？　アリバイがある限り、犯人ではなくなってしまう。

しかし、加藤は、事件の日に、東京から新大阪へいっている。事件が起きた沼津は、その間にある町なのだ。

しかも、加藤は、午後二時三十四分という微妙な時刻に、新大阪に着いている。午前十時三十分に、沼津で、名取かおるを殺して、列車を乗りついでいくと、もう少しで間に合う時刻なのだ。

「やっぱり、加藤しか考えられないんだがなあ」

と、亀井は、呟いた。

「その点は、私も、同感だね」

十津川が、うなずいた。

「しかし、加藤には、殺せないんですよ。十時半に、沼津で、名取かおるを殺していたら、新大阪に、午後二時三十四分には、着けないんです」

亀井は、口惜しそうにいった。

十津川は、もう一度、時刻表を、見直していたが、

「微妙なところで、駄目なんだなあ。逆算していくと、それが、よくわかる。一四時三四分新大阪着の『ひかり151号』に乗るためには、この列車が、名古屋を発車す

るのが、一三時二七分だから、それに間に合わなければならない。それには、名古屋着一三時〇六分の『こだま229号』に乗らなければならない。この列車は、静岡発が一一時五二分だ。この時刻までに、静岡へいければ、犯行は可能になる。沼津発一〇時五六分の列車はあるが、この列車の静岡着は、一一時五四分で、間に合わないんだ。その差は、わずか二分だ。もちろん、在来線から、新幹線に乗りかえるのには、時間が必要だが、大きな駅じゃないから、七、八分あれば、大丈夫だろう。八分をプラスして、十分間だ。つまり、十分早く静岡に着ければ、間に合うことになる。ということは、沼津を、十分早く発車する列車があればいいんだ」

「というと、沼津発一〇時四六分発の列車があればいいということになりますかね？」

「沼津のラブホテルから、駅までは、七、八分だと、静岡県警がいっている。十時三十分に、名取かおるを殺した犯人は、十時三十七、八分には、沼津駅にこられるわけだ。もし一〇時四六分発の下り列車があれば、ゆっくり乗れて、新大阪着一四時三四分の『ひかり151号』に乗れるんだ」

と、いってから、十津川は、自分で、照れたように笑ってしまった。

そんな列車が存在しないことは、十津川自身が、一番よくしっているのだ。

そして、犯人が、幻の列車に乗って、逃亡したわけではない。

「逆に乗ったらどうでしょうか？」

亀井が、十津川を見て、いった。

「逆というと、どういうことだね？」

「沼津から、大阪へ向かうことだけを、考えてきましたが、沼津から、いったん、東京方面に戻る方法もあるはずです。というのは、三島まで戻れば、新幹線の『こだま』に乗ることができます」

「つまり、三島に戻り、そこから『こだま』で、新大阪に向かったんじゃないかというんだね？」

「そうなんです。沼津から、次の静岡へいく適当な列車がなかった。しかし、三島に戻る列車はあるかもしれません。沼津から三島まで、五、六分しか、かからないんじゃありませんか。それなら、戻る時間は、ほとんど、無視できます」

「問題は、適当な列車があるかどうかだね」

「調べてみます」

亀井は、時刻表の東海道本線（上り）のページを繰っていたが、急に、顔を輝かせて、

「ありました。一〇時四七分に沼津発の普通列車で、三島には、一〇時五三分に着き

ます。『こだま229号』に、ゆっくり乗れますよ」

「よし。加藤は、それに、乗ったんだ」

十津川は、にっこりした。

これで、加藤のアリバイは、崩せたと思ったからである。

しかし、実際に、この普通列車のことを調べた十津川は、がっかりした。

確かに、この列車はあるのだが、問題の日は、沼津を出てすぐ、モーターの故障で、立往生してしまっているのである。

そこで、沼津から三島へ、タクシーに乗ったのかもしれないということになった。

沼津—三島間は、わずか五・五キロだから、タクシーを使ったことも、十分に、考えられたからである。

静岡県警と協力し、沼津駅前のタクシーすべてに、当たってみた。が、加藤を乗せたという運転手は、いなかった。

「参ったね」

と、十津川は、いってから、

「名取かおる殺しの犯人は、別にいると考えたほうが、よさそうだ。もう一度、彼女の身辺を調べてみてくれ」

と、つけ加えた。

8

刑事たちは、名取かおるの身辺を、洗い直すことに、全力をあげた。

彼女の部屋へいき、手紙を、全部、調べ直す。

男名前でも、女名前でも、全部、当たってみた。ラブホテルで泊まって、殺されたのだから、一応、男が犯人だろうが、今は、同性愛のもつれからの殺人だって、起こっているからである。

五人の男と、三人の女の身辺が、捜査された。

一番怪しかったのは、横井《よこい》という車のセールスマンだった。

二十八歳で独身。女に手が早いという噂《うわさ》があって、車で、全国を回っている。女を引っかけては、モーテルや、ラブホテルに連れていくということだった。

事件の日、沼津のラブホテルに、名取かおると一緒にいて、彼女を殺したのは、加藤ではなくて、横井かもしれない。

名取かおるは、加藤に夢中だったが、加藤には妻がいる。それで、独身で、若い横井とも、関係していたのかもしれない。彼女と旅行の男は、案外、横井だったのではないか。

亀井たちは、横井のアリバイを調べてみた。

最初は、供述があいまいなので、亀井たちは、色めき立ったが、捜査をすすめていくと、車を売りにいった先の奥さんと、ラブホテルにいき、関係していたとわかって、がっかりしてしまった。

「やはり、加藤部長ですよ」

と、亀井は、十津川にいった。

「彼以上に、名取かおるを殺したい人間はいないということか？」

「そうです。横井みたいに、女は、プレイの相手でしかない男は、女を殺したりはしません。やはり、加藤ですよ」

「しかし、奴には、アリバイがある。逮捕はできないよ」

「彼は、まだ大阪ですか？」

「ああ、あと一日、大阪支社にいるらしい。どうするんだ？　カメさん」

「家には、誰もいないんですか？」

「いや、奥さんが、帰ってきている」

「じゃ、ちょっと、会いにいってきます」

「実家に帰っていたのだから、奥さんは、しらんだろう」

「ええ、藁《わら》をもつかむというやつです」

亀井は、笑っていい、日下刑事を連れて、出かけた。

加藤の家は、低い塀をめぐらせた、白い二階建ての建物である。

建坪は、八十坪くらいだろうか。広い庭もあって、M商事の部長にふさわしい邸宅だった。

加藤の妻の幸子《さちこ》は、怪訝《けげん》な顔をして、二人の刑事を迎え入れた。

「ちょっと、ご主人のことで、お伺いしたいと思いまして」

と、亀井はいい、事件の日、十二月七日のことを、きいてみた。

案の定、幸子は、実家に、母の看病にいっていて、何もしらないという。

「トイレを貸していただけませんか」

と、話の途中で、亀井はいい、応接室を出ると、幸子の相手を、日下に任せておいて、亀井は、足音を忍ばせて、二階へあがっていった。

加藤の書斎をのぞいて見たかったのだ。

二階の隅の部屋が、書斎だった。

角で、見晴らしのいい八畳間である。

大きな机があり、本棚には、商社の社員らしく、外国語の本が多かった。机の上には、何もない。

ぐるりと部屋のなかを見回した亀井の目が、壁にかかったカレンダーで、止まった。

十二月のカレンダーの右の余白のところに、数字が三つ書いてあった。

900――1045――1131

9

亀井は、すぐ、日下と警視庁に戻った。

彼は、興奮していた。

亀井は、メモしてきたその三つの数字を、十津川に見せた。

「びっくりしましたよ。前にも、この数字と同じものを見ていたからです」

亀井は、水道橋の喫茶店で、息子の健一が拾った紙片も、十津川に見せた。

「なるほど、同じ数字が並んでいるね」

「それに、警部が、いわれたことを思い出したんです。もし、沼津発一〇時四六分の下り列車があれば、加藤は、沼津で名取かおるを殺して、一四時三四分に、新大阪に着けるといわれたことです。一〇四五というのが、一〇時四五分で、沼津の発車時刻とすれば、この列車に乗れば、いいわけです」

「そして、次の停車駅が、静岡か。そうだとすれば、この時刻表が、加藤のアリバイを崩すことになるんだが、時刻表に、こんな列車はないんだろう？　それに、一〇四五が、沼津かどうか、わからないぞ」

「そこが問題なんですが――」

「とにかく、加藤の書斎に、同じ数字が書いてあったのは、引っかかるね。とにかく、専門家に、きいてみよう」

十津川と、亀井は、国鉄本社を訪ね、顔見知りの総裁秘書北野《きたの》に会った。

十津川が、亀井の紙片を、見せると、北野は、あっさりと、

「ああ、これは、時刻表ですよ」

と、いい、ボールペンで、数字の横に、駅名を書きこんでいった。

	9001
東　京	900⑨
品　川	(907)
横　浜	〈924〉
小田原	(1007)
熱　海	(1026)
沼　津	1045
富　士	(1100)
静　岡	1131
浜　松	1231
豊　橋	(1301)
名古屋	〈1355〉
岐　阜	(1418)
米　原	〈1500〉
京　都	1557
大　阪	1630

「これでいいでしょう」

北野は、ペンを置いた。

「しかし、そんな列車は、時刻表には、載っていませんね。調べてみたんですが」

「ええ、時刻表には、載っていません」

「しかし、まったく架空の列車というわけでもないでしょう？　それなら、あなたが、全部の駅名を、さっさと書くはずがない」

十津川が、いうと、北野は、笑って、

「実在する列車ですよ」

「しかし、時刻表に載っていないというのは、どんな列車なんですか？」

「国鉄は、ご存じのように、赤字なので、いろいろと、収入を増やすためのイベント列車を走らせています。東京発大阪行の臨時列車も、何度か出しています」

「具体的に、どんな列車なんですか？」

「そうですね。昔の『つばめ』とか『はと』の名前の列車を、東京と大阪の間に走らせたり、最近作ったサロンカーも、時々、走らせます。その時には、この時刻表にしたがうことが多いですね。この時刻表だと、他の定時列車の進行に差しつかえなく走らせられますからね」

「一番上の9001というのは、何の番号ですか？」

「これは、列車番号です。下りは、奇数番号です。同じイベント列車で、大阪から東京へ引き返す列車は、9002になります」

「東京九時発というのは、わかります。あとも、全部、発車の時刻ですね？」

「そうです」

「⑨は、九番線ですか？」

「そうです」

「マルカッコと、カギカッコは、何の意味ですか？」

「マルカッコは、通過。カギカッコは、運転停車で、列車は、その駅に停車しますが、乗客の乗り降りはありません」

「何もついてないのは、何ですか？」

「その駅に停車することを示しています」

「つまり、乗客の乗り降りもあるということですね？」

と、十津川は、きいた。

「そうです」

「ところで、十二月七日にも、この臨時列車が、走ったんですか？」

十津川は、その答えだけがほしかった。

北野は、しごく、あっさりと、

「ええ。十二月七日に走っています。昔の『つばめ』を思い出そうというイベント列車としてです。もちろん、この時刻表にしたがって走りました。確か東京南鉄道管理局が、設定した列車です」

「乗客は、どうやって、選ぶのですか？　当日、東京駅へいって、切符を買うわけですか？　私なんかは、こういう列車が、いつ、走るのか、まったくしりませんでしたが」

「普通の人は、あまりしらないと思いますが、マニアの方は、よくしっておられますよ。駅なんかのポスターや、時には、新聞広告で、イベント列車の名前や、設定日をおしらせするわけです。切符は、窓口で売る場合もありますが、多くは、応募によります。たいてい、すぐ、満席になってしまいますね」

「では、十二月七日のときも、乗客を、募集したわけですね？」

「そうです。客車十二両を、F58形機関車で、牽引《けんいん》しています」

「応募して、切符を手に入れた乗客は、この時刻表をしっているわけですね？」

「ええ。しっていると思いますよ。きかれれば、お教えしますからね」

「このカッコのない駅、例えば、沼津や、静岡ですが、途中から、乗ることはできるんですか？　それに、途中下車はどうなんですか？」

亀井が、きくと、北野は、当惑した顔で、

「こういうイベント列車は、一応、東京から、終点の大阪まで乗るということになっていますがね。まあ、東京と大阪の区間の切符ですから、途中で乗っても、途中下車しても、駄目だとはいえませんが」

「それなら、いいんです」

「何か、十二月七日の『つばめ』が、事件に関係しているんですか？」

「どうやら、臨時列車の時刻表を利用した殺人犯がいたようなのですよ」

亀井が、いった。

10

十津川は、すぐには、加藤を逮捕しなかった。

外堀を埋めて、うむをいわせずと考えたのである。アリバイは崩れたのだから、もう、犯人は、加藤に間違いない。

その自信を持って、刑事たちは、聞き込みを始めた。

最初は、加藤が、この臨時列車を利用しようと思いついた理由である。

鉄道マニアとは思えない加藤が、どうして思いついたのか？

それを調べていくうちに、大学時代の友人で、旅の随筆などを書いている岡本《おかもと》という作家が、浮かびあがってきた。

亀井が、この岡本に会いにいった。

「ああ、加藤とは、今でも、つき合っていますよ」

と、岡本は、うなずいた。

「先生は、国鉄のイベント列車に、お乗りになりますか？」

「ええ。時々ね。好きなんですよ。そういう列車には、旅好きや、鉄道好きが乗っているので、話が合いますからね」

「十二月七日のイベント列車の『つばめ』にも、お乗りになりましたか？」

亀井がきくと、岡本は、笑って、

「ああ、あの列車も、乗りたくて、切符を手に入れたんですが、北海道へ取材にいかなければならなくて、乗れませんでした」

「その切符は、どうされました？」

「加藤にやりましたよ」

「本当ですか？」

「ええ。銀座で会ったときに、この列車のことを話したんですよ。切符が、いらなくなってしまったこともね。そして、翌日、加藤から電話があって、その切符をゆずってくれないかというんです。自分が乗りたいから」

「加藤さんは、イベント列車が好きなんですか？」

「いや、そんな男じゃないんですがね。あの時は、急に、乗りたくなったといっていましたね」

「そして、切符を、ゆずられた？」

「ええ」

「そのとき、時刻表も、渡されましたか？　この『つばめ』のです」

「ええ。銀座で会ったとき、メモにして、渡しましたよ」

「その時、停車駅とか、通過駅のことも話されましたか？」

「ええ。途中で、降りられるのかと、彼が、ききましたしね」

「切符を渡されたのは、いつですか？」

「十月二十五日に、銀座で会ったんです。翌日、電話があって、次の日、渡しました。二十七日です」

「加藤さんは、乗ったといっていましたか？」

「昨日、大阪から電話がありましてね。新幹線でいくことになってしまったので、使わなかったといっていましたよ」

と、岡本は、いった。

「どうも、ありがとうございました」

亀井は、礼をいった。が、岡本には、なぜ、亀井が礼をいったか、わからなかったようである。

次に、イベント列車「つばめ」の車掌に会って、話をきいた。

車掌三人が、亀井の質問に答えてくれた。

「東京駅では、ひとり欠けただけで、他の方は全員、乗車されました」

と、車掌のひとりが、いった。

「途中で、乗ってきた人はいませんか？」

「いましたよ。時々、いるんです。東京駅におくれてしまったので、新幹線で、追っかけてきたというような人がです」

「十二月七日に、途中乗車した人は、どこから、乗ってきたんですか？」

「沼津です。列車が、停まっているとき、乗ってこられましてね。切符を持っておられるので、お乗せしました」

「どんな人か覚えていますか？」

「途中から乗ってきた方は、ひとりだったので、よく覚えていますよ。男の方でしたね。中年の」

「このなかにいますか？」

亀井が、同じ年齢ぐらいの男の写真五枚を並べると、車掌は、迷わずに、加藤の写真を選んだ。

外堀は、埋め終わったので、十津川は、加藤の逮捕に、踏み切った。

逮捕して、二日後に、加藤は、犯行を自供した。やはり、加藤は、自分の地位を守るために、名取かおるを、殺したのだった。

最後に残ったのは、水道橋の喫茶店で、亀井の息子が拾った紙片のことだった。

事件が解決して、二週間後に、偶然、わかったのだが、鉄道マニアの中学生が、友だちと、クイズごっこをして、ひとりが、駅名を伏せて、時刻表だけを書き、どんな列車かわかるかという質問を出したときのメモだったのである。

その少年が、メモを落とさなかったら、今度の事件の解決は、おくれていただろう。

「じゃあ、僕が、解決したのと同じだね」

と、健一は、嬉しそうにいった。

おかげで、亀井は、健一を、来年の春に走るという「おとぎ列車」に乗せてやることを、約束させられてしまった。

とき403号で殺された男

1

十月十二日の午前七時〇四分に上野を出た上越新幹線の「とき403号」は、ウイークデイのせいもあって、上野を出るときから空《す》いていた。

信越本線との乗り換え駅である長岡を出たあとは、一層まばらな乗客になった。

九時二八分。終点の新潟着。

14番ホームには、すでに秋の気配が漂っていて、風が冷たい。

山下《やました》車掌は他の車掌と十二両編成の車内を見て廻った。

1号車から5号車までが自由席。7号車がグリーン、6号車と8号車から12号車までが指定席である。

ビュッフェが9号車にある。

山下は3号車に入ったとき、乗客が一人、眠りこけて降りるのを忘れているのに気がついた。

少なくともそのときは、その乗客は眠っているように見えたのだ。

頭に白いものが混じった、六十五、六歳に見える。男の乗客である。

（疲れているのかな）

と、山下は苦笑しながら近づき、声をかけながらのぞき込んで、

「あッ」

と、声をあげた。

背中が血で真っ赤にぬれていて、それは座席の背もたれも染めていた。

山下車掌は五十三歳のベテランで、車内でこれまでにも思わぬ出来事にぶつかったことがあるが、血まみれの乗客を見たのは初めてだった。

足がふるえて止まらなくなった。

辛《かろ》うじてホームに降りて駅員を呼んだ。
五、六分して新潟県警の刑事たちが、救急車の隊員とほとんど同時に駈《か》けつけた。
救急隊員のほうは、ただ、その乗客がすでに死亡しているのを確認しただけだった。

県警捜査一課の三田《みた》警部は、

(背中を刺されたらしい)

と思いながら、被害者の手荷物らしいものが周囲に見当たらないことに首をかしげていた。

ポケットにあった切符は、上野—燕三条《つばめさんじょう》である。

燕三条は新潟の一つ手前の駅である。東京から来た乗客なのに、何も持っていないというのが不思議だった。

死体はいったん列車から降ろされ、新潟東警察署に運ばれた。

三田は、被害者の上衣《うわぎ》やズボンのポケットから見つけたものを机の上に並べてみた。

○奥山浩介《おくやまこうすけ》という名刺五枚。肩書のついていない名刺である。住所は東京になっている。

○封筒に入った筆書きの履歴書

○安物の国産の腕時計

○財布(三万六千円入り)

○キーホルダー

○ボールペン

三田は履歴書に眼を通した。

履歴書
本籍　群馬県前橋市――町――番地
現住所　東京都世田谷区太子堂《たいしどう》――丁目――番地　旭荘208号室
奥山浩介
大正十一年五月十六日生
学歴
昭和十一年三月　前橋高等小学校卒業
職歴
昭和十一年四月　前橋市内の菓子店の店員になる
昭和二十三年十月　東京大田区内の電機工場に入社
昭和二十五年九月　退職
昭和二十六年二月　東京都豊島区池袋の日光メッキ工場に入社

昭和三十二年十月　退職
昭和三十三年四月　東京都目黒区目黒の富士食品入社
昭和四十八年十月　退職
昭和五十年三月　東京都練馬区石神井《しゃくじい》の山田パンに入社
昭和五十八年九月　退職
現在に到る
軍歴
昭和十七年十月　召集
中国各地を転職
昭和二十一年二月　復員
家族
妻　文子《ふみこ》（死亡）
長女　美津子《みつこ》（結婚）
賞罰
ナシ

（大正十一年生まれというと、六十六歳か）

と、三田は履歴書を見ながら数えていた。

三田の父親とほぼ同年齢である。

履歴書を持っていたというのは、どういうことなのだろうか？

新潟の燕三条に、就職のためにやって来たのだろうか？

着ている背広もかなり着古したものだし、豊かな生活をしていたようには見えない。

（こんな老人を、誰が何のために殺したのだろうか？）

三田は、死体を解剖のために大学病院に送ってから、東京の警視庁に、被害者のことを調べてもらうことにした。

2

警視庁捜査一課の十津川は、ファックスで送られて来た履歴書を、部下の亀井と一緒に見た。

「六十六歳ですか」

と、亀井が小さく溜息《ためいき》をついて、

「戦争中は兵隊にとられて苦労して、あげくの果てに殺されてしまっては、まったく合いませんねえ」

「カメさんのお父さんは？」

「もう亡くなりました。死んだのは確か六十四歳だったと思いますが、よく、一度もいい目を見なかったとこぼしていましたよ。ずっと貧乏でしたからね」

「この仏さんも、職歴を見ると、あまり恵まれていたようには見えないね」

と、十津川はいった。

「とにかく、調べて来ます」

亀井は若い西本刑事を連れて、出かけて行った。

十津川は煙草《たばこ》に火をつけ、改めて履歴書に眼をやった。

十津川の父は二年前に病死している。六十九歳だった。この被害者と同じように、二十代の前半を戦地で送っている。男だけの三人兄弟だったが、三人とも兵隊に行き、生きて帰ったのは、父一人である。

（この男も同じような目にあっているのかもしれないいな）

と、十津川は思ったりした。

一時間ほどして、亀井から電話が入った。

「今、世田谷の太子堂《たいしどう》に来ています。旭荘《あさひそう》というアパートは見つかりましたが、この住人に奥山浩介という住人はいませんね」

と、亀井はいった。

「前に住んでいたということはないのかね？」

「管理人が三年前からいるんですが、奥山浩介という人はいなかったといっています」

「おかしいね」

「本籍はどうなんですか？」

「それは新潟県警が調べていると思うがね」

「これからどうしたらいいですか？」

「履歴の最後にある石神井《しゃくじい》の山田パンという会社へ行ってみてくれ。ここに八年半勤めて、五十八年にやめている。当時の人間がいたら、奥山浩介のことを聞いてほしいんだ」

と、十津川はいった。

さらに一時間半ほどして、また亀井から連絡が入った。

「石神井の山田パンという会社は倒産していますね。昭和五十八年九月です。当時の従業員も、今どこにいるかわかりません」

と、亀井はいった。

「それで、仕方なくやめたということかもしれないな」

と、十津川はいった。

亀井たちには、いったん戻るように指示してから、十津川は新潟県警の三田警部に電話を入れた。

現住所に住んでいなかったのではないかと話してから、十津川は、

「本籍のほうは、どうでした？」

と、きいた。

「前橋市役所に問い合わせたところ、間違いなく奥山浩介という人物はいました。本籍地はあの履歴書にあったとおりです。ところが、現住所が向こうでは、わからないといっていました。一年前に必要があって、わかっている現住所に問い合わせたところ、行方不明になっていたというのです」

三田は高い声でいった。

「その現住所は世田谷区太子堂だったんですか？」

「いや、違っていました。世田谷ですが、駒沢《こまざわ》二丁目の和田《わだ》荘というアパートだそう

です。それで最近になって太子堂へ移ったのではないかと思っていたんですが」

「もう一度、その和田荘というのを調べてみましょう」

と、十津川は約束した。

十津川は、帰って来た亀井と西本に、もう一度、駒沢二丁目へ行ってもらった。

「この和田荘にいたときの様子を聞いて来てほしい」

と、十津川はいった。

亀井たちが戻って来たのは、午後五時を廻ってからである。

「確かに奥山浩介という男は、和田荘アパートに去年の五月までいました」

と、亀井が報告した。

「六十六歳の男かね？」

「そうです。六十五、六だったと管理人はいっています」

「ひとりで住んでいたのかね？」

「そうです。六畳一間の部屋ですが、奥山は小ぎれいにして住んでいたそうです」

「そのあとの引っ越し先はわからなかったかね？」

「わかりません。なんでも、突然いなくなったそうです。身の廻りの品だけ持って、消えてしまったらしいんです」

「そこには、何年ぐらい住んでいたんだ？」

「二年ほどです」

「当時、何をしていたのかな？」

「管理人は、年金でも貰《もら》って暮らしているんだと思っていたそうですが、はっきりしません」

「そして、今度、殺されたか？」

「管理人は、他人《ひと》に恨まれるような人じゃなかったといっていますが」

と、亀井はいった。

3

午後六時に、三田警部は被害者の解剖を依頼しておいた大学病院から電話を貰った。

とにかく、すぐ来てくれというのである。

わけがわからなかったが、相手のいい方から重要なことらしいことだけは察しがついたので、三田はパトカーで急行した。

何度か司法解剖を依頼し、顔なじみになっている森《もり》医師が待っていた。

「何があったんですか？」

と、三田がきくと、森は、

「とにかく見てくれよ」

と、いい、彼を案内した。

解剖の台の上に、裸の男の身体が横たえられている。

三十代の男の身体だった。

「誰ですか？　これは」

と、三田がきいた。

「君が解剖を頼んだ男だよ」

「よしてください。あの男は六十六歳の老人ですよ。これはどう見ても三十代の身体じゃありませんか」

三田が笑っていうと、森医師は真顔で、

「顔を見てごらん」

と、いった。

三田の顔色が変わった。そこにあったのは、まぎれもなくあの老人の顔だった。

「どうなってるんですか、これは？　六十六歳でも、こんな肉体が保てるんですか？」

三田がきくと、今度は、森が笑って、

「そんな奇蹟は無理だよ」

「じゃあ、どうして？」

「メイクアップだよ。大変な技術だと思うね。三十代の顔を、完全に六十代に見せているんだ。その証拠に、死後、何時間もたっているのに、顔色の変化がほとんどない」

「そういえば、そうですが――」

「看護婦からクレンジング・クリームを借りて、顔のメイクアップを落とそうと思ったんだが、その前に君に見せておこうと思ってね」

「本当に、これはメイクアップなんですか？」

三田はまだ半信半疑だった。

「これから落としてみるよ」

森はクリームを持ち出し、大量に手につけて被害者の顔をごしごしこすり始めた。

死人の顔からしわが消え、しみが取れてゆく。

やがて若々しい男の顔が現われた。

森は、次に石鹸で、死体の頭髪を洗い始めた。

白髪が黒い色に変わっていった。

「肉体にふさわしい顔になったよ」

と、森は満足した顔でいった。

三田は、手品でも見ているような気分になっていたが、

「驚いたな」

と、呟《つぶや》いた。

「六十六歳の履歴書は間違いだったね」

森医師がいった。

「なぜ、この仏さんは、こんな真似をしたんですかね？　三十代の若さなのに、凝《こ》ったメイクアップで六十代に変装し、それにふさわしい履歴書を作って持っていた。わけがわかりませんよ」

「名刺も持っていたんだろう？」

「そうです。もっとも、名刺には年齢は書いてありませんが」

「とにかく解剖をしておくよ」

と、森はいった。

4

三田が戻ると、「上越新幹線殺人事件捜査本部」の看板が出ていた。

本部長は刑事部長の竹内《たけうち》である。

三田は竹内に、被害者の奇妙な正体について報告した。

竹内も驚いて、

「どういうことなのかね？」

と、きいた。

「私にも、まだよくわかりません。わかったのは、殺された男は三十代で、あの履歴書とはまったく関係がないということです」

と、三田はいった。

「すると、奥山浩介という名前もでたらめかね？」

「そう思います」

「しかし、君が見ても、六十六歳に見えたんだろう？」

「そうなんです。医者もいっていましたが、素晴らしいメイクアップで、その方面のプロがやったものだと思います」

「どうもわからんねえ。ある三十代の男が、六十六歳の老人に化けていて殺された。それも並みの化け方じゃない。メイクの専門家に頼んで老人の顔を作り、それらしい履歴書まで書いて持っていた。何のために、そんな面倒くさいことをしたんだろう？」

「わかりません」

「しかし、あの履歴書にあった群馬県の前橋には、六十六歳の奥山浩介が、実際に生まれていたんだろう？」

「そうです」

「すると、実在の人物になりすましていたわけだな？」

「そうです」

「本物の奥山浩介と何らかの意味で関係がある人間ということは、いえるんじゃないのか？」

「調べてみます。指紋の照合もしてみるつもりです」

と、三田はいった。

三田は、被害者の指紋を警視庁に送る一方、前橋市役所に、奥山浩介の戸籍謄本のコピーをファックスで送ってもらうことにした。

前橋市役所から送られて来た戸籍謄本によれば、奥山浩介は結婚していて、妻の名前は文子《ふみこ》である。

彼女は昭和六十年三月二日に死亡していた。履歴書と一致しているのだ。

だが、この夫婦の間に子供はない。この点、履歴書は嘘《うそ》を書いていたのである。

三田は警視庁の十津川にも、電話で意外な展開について知らせることにした。

「妙な具合ですね」

と、十津川もいった。

「私だけじゃなく、全員が欺《だま》されました。とにかく大変なメイクの技術です」

と、三田はいった。

「そのうえ、それにふさわしい履歴書まで作ってあったわけですね？」

「そうなんですよ。恐らく名刺も作ったんだと思います」

「そんなにまでして、被害者は何をしようとしたんだと思われますか？」

と、十津川がきく。

「まず考えられるのは、誰かを欺そうとしたんじゃないかということです」

三田は考えながらいった。

「あの履歴書によると、あまり恵まれない老人ということになりますね」

「そうです。不遇な老人になって、誰かを欺そうとしたのかもしれません」

「行く先は、燕三条でしたね？」

「そうです。欺す相手が燕三条にいたのかもしれません」

と、三田はいった。

「ところが、欺す前に殺されたというわけですか？」

「こんなことも考えてみたんです。被害者は老人に扮して、これまでにも何人もの人間を欺してきたんじゃないかとです」

「前に欺した人間が、たまたま上越新幹線の車内に乗り合わせていて、殺されてしまったということですか？」

十津川がきく。

「そんなケースも考えてみたんですが」

「あり得ますね」

と、十津川はいった。

「何とかして被害者の身元がわかるといいんですが」

と、三田はいった。

夜になって、解剖の結果がわかった。

「また、妙なことがわかったよ」

と、森医師にいわれて、三田は苦笑しながら、

「脅かさないでくださいよ。まさか死因が、刺傷によるものと違うなんていうんじゃないでしょうね」

「死因は刺傷によるものだよ。心臓まで達していたからね」

「何が妙なんですか？」

「仏さんは睡眠薬をかなり多量に飲んでいるよ。いや、飲まされているといったほうがいいのかな」

「睡眠薬ですか？」

「ああ、そうだ。多分、ビールにでも混ぜたんだろうね。わずかだがアルコール反応もあったよ」

「失敗《しま》った！」

と、三田は思わず叫んでいた。

「どうしたんだ？」

森医師がきく。

「睡眠薬のことなんか、まったく考えていなかったので、座席の周辺を調べなかった

んですよ。睡眠薬の入った缶ビールが転がっていたかもしれないんだ」

「なるほど。まだ間に合うんじゃないのかね？」

「やってみますが、多分、もう処理されてしまっていますよ」

と、三田は舌打ちしてから、

「多量の睡眠薬といいましたね？」

「ああ、あれじゃあ、すぐ眠ってしまったんじゃないかね」

「すると、眠らせておいて刺したことになりますね？」

「そうだね」

「なぜそんな面倒なことをしたんでしょう？」

と、三田がきくと、森医師は笑って、

「私に聞くより犯人に聞いたらどうなんだね」

と、いった。

電話が切れると、三田は考え込んでしまった。

犯人は、まず被害者に睡眠薬入りのビールを飲ませたのだろうか？

もちろん、眠っている人間を刺すほうが刺しやすいだろう。相手が動かないからだ。

犯人が女ということも考えられる。非力だから、ただ刺したのでは抵抗されたとき負けてしまう。そこでまず、睡眠薬を飲ませて眠らせ、そのあと刺したのかもしれない。

犯人とは別の人間が、睡眠薬を飲ませたということも考えられる。

被害者の所持品が見つからないからである。スーツケースもボストンバッグも見つからない。

何者かが睡眠薬を飲ませておいて、それを盗んで行き、他の人間が刺したのかもしれないのである。

指紋照合の結果も出たが、警察庁のファイルにはないということだった。

前科はないのだ。

三田は睡眠薬のことも警視庁の十津川に伝えた。被害者が東京の人間らしい以上、どうしても警視庁の助けが必要である。

「なるほど、面白いですね」

と、十津川もいった。

「そうですが、身元がわからずに困っています。身元がわからないと犯人の確定ができません」

三田は、正直にいった。

「指紋も駄目でしたか？」

「そうなんです。腕時計も財布もどこにでも売っている安物で、それからたどっては
いけません」

「大変なメイクアップをしていたそうですね？」

と、十津川がきいた。

「そうです。まったく素顔がわかりませんでした」

「それから身元が割れるかもしれませんよ」

「そうでしょうか？」

「多分、ハリウッドあたりで修業して来た人間が、顔を作ったんだと思います。そう
いう技術者は人数が限られているはずですから、何かわかるかもしれませんよ」

と、十津川がいった。

「なるほど」

「メイクされた被害者の顔は、写真に撮ってありますか？」

「もちろん、念のために、素顔と両方を撮ってあります。その写真はすぐ送ります」

と、三田はいった。

5

十津川の手元に、二枚の写真が送られてきた。

六十代の老人の顔と、三十代の素顔の写真である。

「同一人とは、とても思えませんね」

と、亀井も感心している。

「これだけのメイクアップのできる人間は、少ないんじゃないかな。そのアーチストが見つかれば、仏さんの身元もわかってくるかもしれない」

「さっそく調べてみます」

と、亀井はいった。

映画、テレビ関係と美容関係の両方を、亀井たちは当たることにした。

映画関係で、何人かの名前が浮かんできた。ハリウッドでメイクの訓練を受けて来たという人間がほとんどだった。

亀井と西本の二人は、そのうちの一人、崎田《さきた》功《いさお》に会うことにした。

崎田はT映画の撮影所で、ホラー映画の出演者たちのメイクに当たっていた。

ハリウッドで二年間学んで来たというが、まだ三十二歳の若さだった。

崎田は二枚の写真を見ると、

「ボクがやったものじゃないが、いい腕ですよ」

と、いった。

「誰がメイクしたかわかりますか？」

「恐らく須貝《すがい》君だと思いますね。そうだ、彼ですよ。一昨日《おととい》だったかな。俳優じゃない人間に頼まれて、老人のメイクをしたといってたから」

「須貝ですか？」

「そう。須貝英二《えいじ》という、ボクと同じ時期にハリウッドで勉強していた男です」

「住所がわかりますか？」

亀井は、勢い込んできいた。

「ちょっと待ってね」

と、崎田はいい、手帳を取り出して、

「住所はわからないけど、電話番号はわかりますよ」

と、いい、それを教えてくれた。

どうやら三鷹あたりの電話番号らしい。

亀井はすぐ、撮影所の中の公衆電話で、そのナンバーにかけてみた。

ベルが鳴っているのだが、相手が電話口に出ない。

午後二時だから当然かもしれなかった。

同じ公衆電話で、亀井は十津川に報告することにした。

「須貝英二という男が本命と思われます」

と、十津川にいうと、

「スガイ・エイジだって？」

「そうです」

「ちょっと待ってくれ」

と、十津川は、急に甲高い声でいった。

「どうかされたんですか？」

と、亀井がきいたが、十津川の声は二、三分、はね返って来なかった。

「カメさん」

と、十津川の声が戻って来た。その声がいやに緊張している。

「同一人かどうかわからないが、七、八分前に秋川《あきがわ》で男の死体が発見されたんだ。ポケットにあった運転免許証によると、須貝英二だそうだよ」

「本当ですか？」

「私は、これから現地に行く。カメさんも直接そっちへ行ってくれ。場所は滝山城跡の近くだよ」

と、十津川はいった。

亀井は電話を切ると、もう一度、崎田に会った。

「須貝英二の顔立ちを教えてくれませんか？」

と、いった。

それに年齢、身長などを聞き、それを手帳に書き留めてから、亀井は西本とパトカーで秋川に向かった。

滝山城跡近くの秋川の流れの中に、その死体は浮かんでいたのである。

亀井たちが着いたときには、十津川はすでに河原に置かれた死体を見ていた。

「やあ、カメさん」

と、十津川は、亀井に声をかけて来た。

「問題の須貝英二ですよ」

と、亀井はいった。

「やはりそうかね」

「身長、年齢、顔立ちなどが、聞いてきた人間によく似ていますから」

「後頭部に裂傷があるんだ」

「すると、殺人《ころし》ですか？」

「十中、八九ね」

「ひょっとすると、先廻りされたということですか？」

と、亀井がきいた。

「かもしれないね。もし、カメさんの考えが当たっているとすると、新幹線の車内で殺しをやった人間と同一犯人ということになるね」

「そいつは、絶対に被害者の身元を明らかにしたくないんでしょうか？」

「多分ね」

「しかし、素顔の写真が新聞に出ます。老人のメイクをして殺されていたこともです。自然に、身元がわかってくるんじゃありませんか」

「そうだといいんだがね」

「被害者は三十代です。家族もいると思いますし、友人だっていると思いますよ。ちょうど働き盛りですからね。新聞に出れば必ず情報がもたらされると考えているんですが」

亀井はあくまでも楽観的ないい方をした。

「しかし、カメさん。六十代の扮装をしていた人間だからね。妙な性格で、孤独で友人なんかいなかったかもしれんよ」

と、十津川はいった。

「そうでしょうか」

「それに、私は一刻も早く身元を知りたいんだ。犯人が先廻りして、また誰かを殺す前にね」

「この須貝の家へ行ってみますか？」

と、亀井がいった。

十津川と亀井は、須貝英二の免許証にあった三鷹のマンションに向かった。

ＪＲ三鷹駅から、車で五、六分のところにある八階建てのマンションだった。

「いやな予感がするんだよ」

と、車の中で十津川がいった。

「先廻りされているということですか？」

「須貝英二の所持品の中に、キーホルダーがなかったからね。犯人が持ち去ったことも、十分、考えられるんだ」

と、十津川はいった。

十津川の予感は当たっていた。

八階の８０６号室にあがってみると、ドアは開いていて、部屋の中は明らかに荒らされていた。

「やられましたね」

と、亀井が口惜しそうにいった。

それでも二人は、２ＬＤＫの部屋を見て廻った。

須貝がメイクした男のことを書いたメモのようなものを見つけたかったのだ。須貝の手帳でもいいし、手紙でもいい。

だが、十津川の欲しいものは、いくら探しても見つからなかった。

秋川で須貝を殺した犯人が、このマンションを引っかき廻して持ち去ったのだろう。

「どうも、後手、後手《ごて》を引いているみたいだね」

と、十津川は、マンションを出て車に戻ったところで亀井にいった。

「そうですね」

と、亀井も肯いた。

だが、問題の被害者の身元がわからない限り、こちらが犯人の先廻りをすることは不可能だろう。

一応、鑑識を呼び、室内の指紋の検出を頼んだが、家探《やさが》しをした犯人が、指紋を残しているとは思えなかった。

6

翌日の朝刊が、例の二つの顔写真を大きく取り上げてくれた。

〈被害者のメイクの謎!〉

〈なぜ、六十六歳の老人に化けていたのか?〉

そんな見出しが、大きく躍《おど》っていた。

テレビもニュースショーで、各局が奇妙な事件として取り上げ、心当たりのある方は警察に連絡してくれるように訴えた。

その効果に期待しながら、一方で十津川たちは須貝英二の殺人捜査のため、捜査本部を秋川警察署に設けた。

テレビ、新聞の威力は、さすがにたいしたものだった。

捜査本部に電話がかかり始めた。

十津川たちは、集まってくる情報の中から、これはというものに当たっていった。

その一つに、問題の男はフリーライター、小野寺明《おのでらあきら》ではないかという、友人からの電話があった。

三日前から姿が見えなくなっているという。

十津川が、この電話に関心を持ったのは、小野寺明が老人に化けて何かの取材に行くといっていたという、その友人の言葉だった。

十津川は一人で、電話の主に会いに出かけた。

新宿ステーションビルの八階にある喫茶店で、相手に会った。
三十五、六歳の男で、名刺によると高田悠一郎《たかだゆういちろう》とある。
「僕も小野寺と同じ仕事をしています」

と、高田はいった。

彼は、小野寺明の写真も持って来てくれていた。

「韓国に取材旅行したときのものです」

と、高田は説明した。

南大門の前で小野寺明が立っている。なるほど、被害者によく似ていた。

「老人に化けて何かの取材に行くといっていたそうですね？」

と、十津川は改めてきいた。

「そうなんです。彼は最近、老人問題に熱中していましてね。一週間前に会ったときだったかな。すごく興奮していたんです」

と、高田はいう。

「何に興奮していたんですか？」

「こんな話をしていましたよ。小野寺は、日本の老人関係の施設について、最近、興味を持って調べていたんです。特に孤独な老人を収容する施設についてです。日本でも設備が整っているといわれる、ある療養所から逃げて来た老人から、ひどい話を聞いたというのです。その療養所のひどい実態を明らかにするために、老人に化けてもぐり込むというんですよ」

「どこの療養所ということは、いっていましたか？」

と、十津川はきいた。

「いや、それはいっていませんでしたね。僕は反対したんですよ。老人に化けても、すぐ、ばれてしまうからよせってね。そしたら、絶対にばれないようなメイクをしてくれる専門家がいるといっていましたね。彼は、何事も体験取材すべきだという主義なんです。ニューヨークのハーレムでも半年間、実際に住んで取材しましたから」

と、高田はいった。

「逃げて来た老人は、今どこにいるかわかりませんか？」

と、十津川はきいた。

その老人が見つかれば、小野寺明が行こうとしていた療養所というのが、わかると思ったからである。

「それが行方不明なんですよ」

「小野寺さんも知らなかったんですかね？」

「話を聞いたあと金を与えて、とりあえず新宿のビジネスホテルに泊まらせたんだが、翌日、会いに行ったら消えていたというんです。その老人のことを心配していましたね。連れ戻されて、ひどい目にあっているんじゃないかって」

「その老人の名前はわかりませんか？」

「彼から聞いていないんです。ただその療養所で職員に反抗したので、殴られて左腕を骨折しているといっていましたね」

「小野寺さんは、上野発の上越新幹線に乗っていて殺されたんですが、上越方面の話はしていませんでしたか？」

と、十津川はきいた。

「さあ、場所はいわなかったですねえ。こんなことになるんなら、いろいろ聞いておくんでしたが」

「小野寺さんの住所はわかりますか？」

「ええ。これからご案内しますよ」

と、高田はいってくれた。

十津川は、彼に聞いたことを電話で亀井に伝えておいてから、その店を出た。

小田急線の経堂《きょうどう》にあるマンションだった。

「小野寺は、まだ独身でしてね。ひとりで、ここに住んでいたんです」

と、高田はいいながら、三階にあがって行った。

角の３０８号室に、「小野寺」の表札が出ていた。

「錠がおりていると思うんですが」

と、高田はいいながら、ノブに手をかけたが、

「開いてますよ」

と、十津川を振り返った。

（また先廻りされたか）

と、十津川は舌打ちしながら、高田と一緒に室内に入った。

男のひとり暮らしらしく、乱雑な部屋だった。

それでも、机の引出しが引っくり返されたりしているのは、明らかに誰かが家探ししたのだ。

本棚の本も畳の上にぶちまけてある。

「ひどいな。こりゃあ」

と、高田が呟いた。

1LDKの部屋だが、電話ファックスやワープロが二台あったりするのは、小野寺の職業柄だろう。

小野寺が老人に化けて、どこの療養所へ行くつもりだったのか、それがわかるようなものを見つけたかった。が、いくら探しても見つからなかった。

十津川は、高田に礼をいって別れたあと、経堂の駅前から亀井に電話をかけた。

「西本です」

と、相手はいってから、

「カメさんは上野警察署へ行っています。警部にも行ってくれということです」

「上野に何しに行ったんだ？」

「上野公園で浮浪者が殺されていたんですが、それが七十歳前後で、左腕を骨折していているというのです。それでカメさんが急行しました」

「わかった。すぐ行ってみる」

と、十津川はいった。

7

上野警察署で、亀井に会った。

「警部の電話で、左腕を折られた老人のことを聞いた直後に、浮浪者のニュースを聞いたもので、もしかしてと思って来てみたんです」

と、亀井はいった。

「それで問題の仏さんは？」

「解剖に廻されていますが、年齢七十歳前後、身長一五四センチと小柄です。今朝、森の奥で見つかりました。二、三日前に殺されていたようです。正確なことは解剖しないとわからんようですが」

「死因もわからないのかね？」

「後頭部を殴られたのが致命傷だったろうと検視官はいっています。最近、上野公園で、浮浪者が続けて何人か、スキー帽で顔をかくした男に、バットで殴られる事件が続いているので、その男が犯人じゃないかといっていますが」

「殺された老人は、本当に浮浪者だったのかね？」

「その点を今、日下君が聞き込みをやっています」

と、亀井はいった。

その日下刑事は、二十分ほどして上野警察署に戻って来た。

十津川を見て、

「ああ、警部。いらっしゃっていたんですか」

「それで、何かつかめたかね？」

と、十津川は返事をせかせた。

「上野から浅草にかけてを根城にしている浮浪者たちに会って聞いてみたんですが、殺された老人は初めて見る顔だというんです」

「やっぱり、そうか」

「浮浪者じゃなかったんですかね？」

「身元をかくすために、浮浪者に見せかけて殺したんだろうな。最近、上野公園で、浮浪者がバットで殴られる事件が続いている。だから、殴り殺して放り出しておけば、その事件の一つと考えてくれると、犯人は計算したんじゃないかね」

と、十津川はいった。

解剖の結果がわかるまで、十津川は上野署にいることにした。

わかったのは午後六時を廻ってからである。

死因は、後頭部を強打されたためで、これは予想されたものだが、十津川が興味を持ったのは、次の二点だった。

死亡推定時刻は、十月十一日の午後十時から十二時。

左腕の骨折は半月以上前のものである。

十月十一日といえば、「とき４０３号」の車内で小野寺明が殺された前日である。

それに、左腕は半月前に骨折しているとなると、小野寺明が会った老人の可能性が強い。

「死因も秋川と同じですね」

と、亀井がいった。

須貝英二も後頭部を強打されて、殺されているのだ。

「同一犯人の可能性が強いね」

と、十津川もいった。

十津川たちは、上野署に捜査本部を設け、秋川の事件と両方を担当させてもらうことにした。

「しかし、いぜんとして小野寺明がどこへ行こうとしていたのかわかりませんね」

亀井がいらだたしげにいった。それがわからないと、犯人もわからないだろう。

犯人が先廻りして手掛かりを消しているからでもある。

新潟県警の三田警部からも、何とかして小野寺明の行く先がわからないかと、いってきた。

十津川は考え込んでいたが、急に亀井に、

「小野寺明のマンションへ行ってみよう」

と、いった。

「しかし、あの部屋は、もう何回も見ましたよ」

亀井が首をかしげていう。

「わかってる」

と、いって、十津川はさっさと立ち上がった。

経堂のマンションは荒らされたままになっている。

「もう、隅から隅まで調べましたよ」

と、亀井がいった。

「このファックスが気になっていたんだ」

十津川は、部屋の隅にあるファックスに眼をやった。

「これがどうかしたんですか？　普通のファックスですが」

「私もファックスを持っているが、管理会社からときどき通信管理レポートというのを、ファックスで送ってくるんだ。このファックスを使って、何月何日にどこへ原稿を送ったか、またどこから受信したかを書いたレポートだよ。それを見てみたいんだ」

「じゃあ電話してみましょう」

と、亀井はいい、ファックスの機械の横に貼ってあるサービス会社に電話をかけた。

間もなく、目の前のファックスが鳴って、受信が始まった。

印刷された紙が、ゆっくりと出て来た。

〈ツウシン　カンリ　レポート〉

と、書かれたメモである。

日付、時刻、相手、モード、枚数などが、びっしりと印刷されていた。

モードは、送信、受信の区別である。

ほぼ一カ月分だった。

ただ、相手は電話番号になっていて、名前は出ていない。

送信に比べて、受信は極端に少ない。

「この受信のほうを調べてくれないか。どこから何を受信したかだ」

と、十津川は亀井にいった。

相手もファックスなので、そのナンバーに電話するわけにはいかず、亀井はNTTに調べてもらうことにした。

一時間近くかかって、やっと相手がわかった。

「ほとんど出版社ですが、一つだけ面白い相手が見つかりました」

と、亀井がニコニコしながら、十津川にいった。

「誰だい？」

「厚生省の社会局です。十月二日です」

と、亀井はいう。

「そこから、ファックスで何か送って来たわけだね？」

「そうです」

「厚生省社会局」

と、十津川は呟いてから、「ああ」と肯いた。

「確か、そこで老人の医療問題を扱っているんじゃなかったかな」

「すると、殺された老人のことがわかるかもしれませんね」

亀井も、眼を大きくして十津川を見た。

「とにかく厚生省へ行ってみよう」

と、十津川はいった。

霞《かすみ》が関《せき》へ行き、厚生省で聞くと、問題のファックスの相手は社会局保護課にある機械とわかった。

十津川たちは、保護課で改めて聞いてみた。

職員の一人が、小野寺明の名前を覚えていてくれた。

「その方から電話がありましてね。浦佐《うらさ》にある『吉沢《よしざわ》療養所』について教えてくれといわれたんです。何か資料があればファックスで送ってくれないかといわれましてね。

十月二日に送ったはずです」

と、その職員はいった。

「送った資料というのは、見せてもらえますか？」

十津川がいった。

「コピーして差しあげますよ」

と、相手はいった。

コピーされたものには、三階建ての大きな療養所の写真が出ていた。


〈私たちは、老人社会の役に立ちたいと思っています。

吉沢療養所理事長

吉沢　晴夫《はるお》〉

そんな文句が、大きな活字で印刷されていた。

理事五人の名前の中には政治家の名前もある。

私立の療養所だが、厚生大臣の推薦《すいせん》の言葉ものっていた。

「小野寺明は、ここへ行くつもりだったんですかね？」

と、厚生省を出たところで、亀井がきいた。

「場所が気に入らないな」

「浦佐がですか?」

「ああ、小野寺明は燕三条までの切符を持っていたんだ」

「浦佐というと、確か、その二つ手前ですね?」

「そうだよ」

と、十津川は肯いた。

「どうしますか?」

「もちろん行ってみるさ」

と、十津川はいった。

8

十津川と亀井は、電話で上司に報告しておいて、上野に急いだ。

一五時三二分の「とき419号」に乗ることができた。

十津川も亀井も、上越新幹線に乗るのは久しぶりだった。

ていた。


「とき」は各駅停車である。

大宮、熊谷《くまがや》、高崎《たかさき》と停車していく。十二両編成の列車はウイークデイのせいか空《す》いていた。

二人は自由席の2号車に並んで腰を下ろし、秋の気配が現われている窓の外に眼をやった。

「間もなく紅葉が始まりますね」

と、亀井がいった。

「カメさんの生まれた東北じゃあ、もう始まっているんじゃないか」

「そうですねえ。八甲田《はっこうだ》あたりでは、もう始まっているかもしれませんね」

亀井はなつかしそうにいった。

高崎を過ぎると、二人とも口が重くなった。

浦佐で何が待っているのか、それが気になるからだった。

「どんな療養所ですかねえ」

と、亀井がきいた。

十津川はコピーの写真を見ながら、

「外観は立派だよ」

「それに、政治家が理事に名前を連ねていますが」

「内容も立派だといいんだが」

と、十津川はいった。

それなら、今度のような事件は起きなかったのではないかという気が、十津川はしていた。

「問題は時間だね」

と、十津川はいった。

「時間といいますと？」

「療養所を突き止めるまでに時間がかかってしまった。その間に、向こうは、われわれを迎える準備をしてしまっているかもしれない。そのことさ」

と、十津川はいった。

浦佐に着いたのは一七時一〇分である。

高架の立派な駅である。真新しい駅に寄り添うように、在来線のホームがあった。

改札口を出ると、駅前に若者向きに造られたレストランや喫茶店が、ぱらぱらと建っていて、その向こうは畠や空地が広がっている。

「新興開拓地みたいなところですね」

と、亀井がいった。

「冬になれば、スキー客が押し寄せるんじゃないかな」

と、十津川はいった。

だが、今はがらんとして、人の気配はない。

二人は駅前のラーメン屋に入って、少し早めの夕食をとることにした。

この店もがらんとして、客の姿はない。

十津川は、ラーメンを注文してから、店の主人に、

「吉沢療養所に行きたいんだが、ここから近いのかね？」

と、きいた。

「歩くのは無理だから、タクシーで行ったほうがいいね」

と、三十二、三の若い主人はいった。

「評判はどうだね？」

と、亀井がきいた。

「立派な療養所だよ。ここは、これといった施設がないんで来てもらったみたいだ。役場がね」

「老人のための療養所だそうだね？」

「ああ、そうらしい」

「あんたも、年齢《とし》をとったら、入りたいかね？」

亀井がきくと、相手は笑って、

「おれは嫌だな。冷たそうだからね」

と、いった。

ラーメンを食べ終わると、十津川たちはタクシーで吉沢療養所に向かった。

十津川は、運転手にも評判を聞いてみた。

「あんたたちは何しに行くのかね？」

と、運転手が逆にきいた。

「父親を入れたらいいかどうか見に行くんだ」

「それなら、止《よ》したほうがいいね」

「なぜだい？」

「いろいろ変な噂《うわさ》を聞くからだよ。よく死ぬっていうんだ」

「収容されている老人がかい？」

「ああ、老人ばかりだから、当たり前だっていってるがね」

と、運転手はいった。

十五、六分で、野原の真ん中に建つ吉沢療養所に着いた。
周囲は畠と雑木林である。なるほど、企業誘致と同じ感覚で、この病院を招致したのだろう。

純白な清潔感あふれる建物だった。祝日ではないが、日の丸がひるがえっている。

駐車場には高級車がずらりと並んでいた。中には東京ナンバーの車も入っていた。

十津川は、そのナンバーを手帳に控えてから、受付に行った。

しばらく待たされてから、吉沢理事長に会うことができた。

立派な理事長室である。
五十五、六歳だろうか。吉沢は恰幅《かっぷく》のいい男で、にこやかに十津川たちを迎えた。
「東京の刑事さんが何のご用ですか？」

と、きく。

若い美人の事務員がコーヒーを運んで来た。

「小野寺明というライターを知っていますか？」

と、まず十津川がきいた。

「いや、知りませんが、その人が何か？」

「ここの取材に来るはずでしたが、上越新幹線の中で殺されました」

「それはどうも。ぜひ取材に来ていただきたかったですね」

「本当ですか？」

「もちろんですよ。これからは老人の時代といわれながら、ここのような老人のための施設が少ないいんです。啓蒙《けいもう》のためにも、ぜひ取材して、書いていただきたかったですねえ」

吉沢はニコニコ笑いながらいった。

「ここに入っていたと思われる老人が、東京で殺されているんですが、ご存じありませんか？」

と、亀井がきくと、吉沢は笑って、

「それは、ここの患者じゃありませんね。ここの患者は、みんな、ここの扱いに満足していますよ」

「どんな老人が収容されているんですか？」

「いろいろです。ここでは差別はしません。金持ちの老人もいるし、生活保護を受けている老人もいますよ。療養を必要とする老人は全部、引き受けています」

「患者さんに会わせてもらえますか？」

と、十津川はきいた。

拒否されるかなと思ったが、吉沢は、「どうぞ」といった。

「自由に会ってください」

9

吉沢が案内してくれた。

廊下はきれいに磨かれ、診療室には最新の機械が入っている。

三百床といわれるベッドは、老人で一杯だった。

老人たちは、白い、清潔なパジャマを着ていた。

枕元におかれたタオルやチリ紙なども、すべて真新しかった。

「ここでは、さっきもいったように、まったく差別はしません。パジャマやタオルも、十分に支給しています」

吉沢は自慢気にいった。

元気な患者は休憩室でテレビを見ていた。

「自由に話をしたいんですが」

と、十津川がいうと、吉沢はあっさり引き揚げていった。

十津川と亀井は、休憩室にいた三人の老人に話しかけた。

「ここの待遇はどうですか？」

と、亀井がきいた。

「感謝していますよ」

と、老人の一人がいった。

「不満はないんですか？」

十津川が、他の二人にきいた。

二人は顔を見合わせてから、

「ないですよ。よくしてくれています」

と、一人がいった。

「ここにいた老人が一人、職員に殴られて逃げ出したというんですが、心当たりはありませんか？」

「私は知りませんよ」

「私も聞いてないね」

と、二人がいい、もう一人も肯いた。

「カメさん」

と、十津川は小声でいい、亀井を廊下に引っ張って行った。

「駄目だよ」

「何がですか？」

「あの休憩室の天井に、集音マイクがついている。本音は聞けないよ。病室も同じだ」

「なぜ、そんなものを？」

「病院側は、万一のとき、すぐ駈けつけられるようにというだろうね」

「やはり時間ですか？　用意して待っていたんですかね？」

「そう思うよ」

と、十津川はいった。

十津川は、いったん引き揚げることにした。

相手は、完全に待ち構えていたのだ。

その日二人は、浦佐の旅館に泊まることにした。

旅館に入ると、十津川は東京の西本刑事に電話し、療養所の駐車場で見た東京ナンバーの車を調べてもらうことにした。新車のベンツである。

翌朝には、西本から電話が入った。

「車の持ち主がわかりました。中条忠則《なかじょうただのり》という男です」

「何をしているんだ？」

「三十五歳で、ノンフィクションを書いています。面白いことに、最近、吉沢療養所のことを絶賛した本を出版しています。買って来て読んでみましたが、完全なＰＲ本ですよ」

「それは面白いね」

「もう一つ、殺された小野寺明と、この中条忠則とはつき合いがあったみたいです」

「その線をくわしく調べてみてくれ」

と、十津川はいった。

電話のあと、十津川も亀井と東京に帰ることにした。

「きれいになっていたが、一つだけミスしていたね」

と、列車の中で十津川がいった。

「何がですか？」

と、亀井がきく。

「病人の枕元にあったチリ紙さ。箱に入って、置いてあったが、どれもこれもいっぱい詰まっていた。理事長は、なくなると支給するといっていたが、それならいっぱいのケースがあったり、減っているケースがあるはずなのに、全部いっぱいだったのは、あわてて全員に支給したんだ」

と、十津川はいった。

昼すぎに東京に着くと、西本が待ち構えていた。

「例の中条ですが、十日の夜、新宿のスナックで小野寺明と激しい口論をしています」

と、報告した。

「原因は？」

「吉沢療養所のことでです。同席した男の話では、小野寺が中条のことを、金を貰ってあんな提灯《ちょうちん》持ちの本を出すなんて作家の恥だといったそうです」

「中条のほうは、どう反論したんだ？」

「そんなにいうんなら、自分で調べてみろといったそうです」

「それで十二日に、小野寺明は取材に出かけたのか？」

「そう思います」

「十二日の事件の彼のアリバイは？」

「それなんですが」

「どうなんだ？」

「中条は、上野駅に小野寺を見送りに行ってるんです」

「見送りに？」

「出版社の人と一緒です」

「それで、中条は『とき403号』に乗らなかったのか？」

「出版社の人に会って来ましたが、乗らなかったそうです」

「するとアリバイありか」

「そうです」

と、西本は肯いた。

「その出版社の人間に私も会いたいね」

と、十津川はいった。

10

T出版の林《はやし》という四十歳の編集者だった。

「実は、あの二人がスナックでケンカしたとき、同席していましてね。うちは中条さんの例の本を出しているので、困りましたよ」

と、林は笑った。

「十二日に上野駅に、中条さんと送りに行かれたそうですね？」

と、十津川はきいた。

「ええ。あのときもびっくりしましたね。小野寺さんが老人に化けていたんで。声をかけられてもわかりませんでしたよ」

「間違いなく中条さんはあなたと、小野寺さんの乗った列車を見送ったんですね？」

と、十津川は念を押した。

「そうです。うまく取材できるといいねと、二人でいいながら別れたのを覚えていますよ」

「すぐ、別れたんですか？」

「ええ。山手線のホームへ出て、私は神田の会社へ行くんで別れました」

と、林はいった。

「なぜ、中条さんと上野駅へ送りに行ったんですか？」

と、十津川がきいた。

「中条さんが小野寺さんに、お互いに作家同士、ケンカしているのは嫌だから、見送りに行きたいといったらしいんです。だからホームで握手していましたよ」

「本当に仲直りしたんですかね？」

「と、思いますがねえ。作家というのは複雑ですから」

　と、林はいった。

「しかし、小野寺さんが吉沢療養所を取材して、本当はひどい病院であることをバクロしたら、中条さんは困るんじゃありませんか？」

「そりゃあ困るでしょうね。下手《へた》をすると、作家として致命傷になるかもしれません。特にノンフィクションの場合は、事実を見る眼が必要ですから」

「昨日、吉沢療養所へ行きましたが、中条さんのベンツがありましたよ」

　と、十津川がいうと、林は小さく溜息《ためいき》をついた。

「そうですか。困ったな」

「何がですか？」

「実は、いろいろと悪い噂が聞こえて来たんですよ。中条さんが吉沢療養所から金を貰っているという噂です。こっちとしても、あの病院を誉《ほ》めあげた中条さんの本を出しているので、弱っているんですがねえ」

　と、林はいった。

十津川は、林の話も新潟県警の三田警部に伝えた。

「やっと一人、容疑者が浮かびました。アリバイはありますが」

と、十津川がいうと、三田は、

「実は、こちらでも一人、容疑者が浮かんでいます」

と、いった。

「どんな人間ですか？」

「十二日の『とき403号』の車掌や当日の乗客を見つけて話を聞いてみたんですが、被害者と一緒に女がいたことがわかったんです」

「女？」

「そうです。どうやら車内で知り合ったと思われるんです」

「その女の身元がわかりましたか？」

「吉沢療養所の名前が出て来たのでわかりました。どうやらあそこの理事長の秘書らしいのです」

「ほう」

と、十津川は声を出し、コーヒーを出してくれた美人を思い出した。あの女だろうか？

「名前は、中野祐子《なかのゆうこ》。二十六歳で、理事長の女だという噂もあります」

と、三田はいった。

「すると、彼女が犯人の可能性があるわけですか？」

「それが、どうも駄目なんですよ」

「アリバイありですか？」

「彼女は、越後湯沢で降りているんです。一方、被害者ですが、死亡推定時刻が午前九時から九時半の間なんですよ。あの列車の越後湯沢着が八時三四分ですから、犯人じゃないことになってしまうんですよ」

「越後湯沢で降りたことは間違いないんですか？」

と、十津川はきいた。

「駅前に喫茶店がありましてね。そこのママが彼女と高校の同窓生でしてね、間違いなく十二日の八時四十分ごろ、彼女が来たといっているんです」

「越後湯沢というと、浦佐の一つ手前でしたね」

「そうです。中野祐子は、浦佐へ帰る途中、途中下車して、その友だちに会ったんだと、いっています。二時間近くお喋《しゃべ》りをして帰ったと、友人は証言しているんです」

「アリバイありですか」

「そうです。残念ですが」

と、三田はいった。

容疑者が二人、浮かんできたのだが、その二人にもアリバイが成立してしまった。

「どう思うね。カメさん」

と、十津川は亀井にきいた。

「二人とも、小野寺明が吉沢療養所を調べて、真相をバクロされては困ったわけでしょう?」

「そうだよ」

「それなら、動機はあるわけです」

「うん」

「アリバイはきっと作ったものですよ」

「かもしれないが、どうやって作ったものかが問題でね」

と、亀井はいった。

「その二人は、連絡がとれていたのかもしれませんね」

と、亀井がいった。

「連絡ねえ」

「中野祐子という女が、小野寺明の乗った列車に乗っていたことは、どうも偶然とは思えませんが」

「そうだね」

「しかし、彼女は、小野寺明を殺さなかった——ですか？」

「彼女が降りたあとで、小野寺明は殺されているからね。これは間違いないようだよ」

と、十津川はいった。

11

十津川は、中条忠則と中野祐子の二人を徹底的に調べることにした。

たとえアリバイがあるにしても、今のところ、この二人がもっとも容疑の濃い人間だったからである。

中野祐子のほうは新潟県警に依頼した。

中条忠則は大学を卒業後、広告代理店に勤めたが、三十歳で退職し、ノンフィクション作家として仕事を始めている。

広告代理店にいたせいで企業の上層部とのコネもあって、大企業の社史を何冊か書いたこともある。

最近、人気が出て来たが、批判がないでもなかった。

十津川たちの集めた批判の主なものは、次のようなものである。

○取材不足。

○取材した相手に、気に入られるような作品が多すぎる。

○取材対象から金品を貰っているという噂が絶えない。

○金と女にだらしがない。

○暴力沙汰《ざた》で警察に逮捕されたことがある。

最後の二つは個人的なことだが、調べてみると、確かに中条は傷害の前科が一つあった。

二年前、酔ってスナックでケンカをし、相手に全治二週間の傷を負わせて逮捕されている。

妻とは、このときに離婚し、現在は独身である。

十津川と亀井は、直接、中条にも会ってみた。

電話をかけると、中条が指定したのは日比谷のレストランで、彼はベンツでやって来た。

昼食をとりながらの話となった。

中条は、長身で、色の浅黒い、精悍《せいかん》な顔つきをしていて、女性にもてそうな感じだった。

「来週、ヨーロッパへ出かけます。一カ月ばかり取材旅行です」

と、中条はいきなりいった。

「いいですねえ」

と、亀井がいうと、

「向こうの大学で、四回ほど現代の日本社会について講演することになっていて、今、そのための資料集めで大変ですよ。日本の姿を正確に伝えたいですからねえ」

と、得意気にいった。

「中条さんは、浦佐の吉沢療養所のことを、本にしておられますね？」

十津川がきくと、中条はそのことかという顔で、

「ええ。それで、小野寺君のことで、僕を疑っているわけですか？」

と、きき返した。

「別に疑ってはいませんよ」

と、十津川は苦笑してから、

「十二日に、あなたはT出版の林さんと、小野寺さんを上野駅に見送りに行っていますね」

「ええ。行きましたよ。実は彼と大ゲンカをしていたんで、仲直りの意味もこめて、見送りに行ったんですよ」

「小野寺さんが老人に化けていたんで、びっくりしたんじゃありませんか？」

「確かにびっくりしましたが、彼はよくああいう取材の仕方をしますからね。浮浪者に化けてドヤ街にもぐり込んだりね。ああ、今度も同じやり方をするのかと思いましたよ」

中条はナイフとフォークを忙しく動かしながら答える。

「本を出されたあとも、よく吉沢療養所へ行かれるんですか？」

と、十津川がきくと、中条は急に警戒する眼になって、

「なぜですか？」

「実は、われわれも吉沢療養所へ行ったんですが、そのとき駐車場に、あなたのベン

ツがあるのを見たものですからね」

「なるほど」

と、中条は肯いてから、

「あの作品が好評だったので、吉沢療養所のその後を書こうと思っているんですよ。それで出かけたときでしょう」

「向こうでは、理事長にも当然会われるんでしょうね？」

「理事長にも、医者にも、その他の職員にも取材しますよ。もちろん、入所している患者にもです」

「理事長の秘書にはどうですか？」

と、十津川がきくと、中条は一瞬、フォークとナイフを持つ手を止めて、十津川を見た。

「それは何のことですか？」

「理事長の秘書に中野祐子という美人がいるんです。お会いになったことはありませんか？」

「ああ、あの美人ですか？　会っていますが、名前は知りませんね」

「あなたは、女性に優しいと聞いているので、取材を通じて、彼女と親しくなられていたのではないかと思ったものですからね」

と、十津川はいった。

中条は強く首を横に振って、

「僕は女は好きですがねえ。取材のときはきちんとやりますよ」

「実は、彼女が小野寺さんを殺したのではないか、少なくとも、本件と何らかの関係があるのではないかと思っているんですよ」

と、十津川はわざと声をひそめていった。

が、中条は平気な顔で、

「なぜですか?」

と、きいた。

「小野寺さんが殺されていた『とき403号』の車内で、彼と一緒にいた女性を車掌が見ているんですが、それが中野祐子さんなのですよ」

「ほう。それは面白いですね」

「面白いですか?」

「それで彼女が犯人だという証拠が見つかったんですか?」

「いや、見つかりません」

「それは残念ですねえ」

と、中条は同情するように、十津川と亀井を見た。

12

その昼食代を、十津川が払わされた。

「がっちりしていますねえ」

と、亀井は別れてから笑っていたが、十津川は、

「中野祐子を疑っているといっても、中条は驚かなかったね」

と、いった。

「覚悟していたからでしょうか？」

「いや、彼女にアリバイがあるのを知っているからだよ」

と、十津川はいった。

「中条にもアリバイがありますが」

「多分、ひとりずつでは不可能だったんだ。中条と中野祐子が協力したから、小野寺明を殺せたんだと思うよ」

「しかし、どんなふうにやったんでしょうか？」

と、亀井がきく。

「そこが問題なんだがねえ」

「中条が殺して、彼のアリバイを中野祐子が作るというのなら、すぐわかるんですが」

「それなら型にはまっていて扱いやすいがねえ。中条は上野駅で小野寺の乗った『とき403号』を見送り、彼女のほうは車内で小野寺に接近している」

「役割を、分担していたんでしょうか？」

「その線だろうね」

と、十津川も肯いた。

だが、どう二人が役割を分担して、各自のアリバイを作ったのかがわからないのである。

捜査本部に戻ると、新潟県警から中野祐子に関する資料が、ファックスで送られて来ていた。

中野祐子について、

年齢、二十六歳。

新潟県長岡市で、公務員の家庭に生まれる。

新潟N短大卒。

東京に出てK工業に入社、OLになる。

翌年、ミス新潟に応募して準ミスになる。

そのため一時、長岡に帰り、このとき審査員の一人だった吉沢と知り合い、吉沢療養所完成と同時に、理事長秘書となって、今日に到る。

現在、浦佐駅近くのマンションに住む。２ＬＤＫの豪華マンションで、部屋代十二万円。

真っ赤なＢＭＷを持ち、そのため理事長との特別な関係を噂されている。

中条忠則が、取材に吉沢療養所に来たとき、彼女がその応対に当たる。長岡の料亭で、彼女と中条が二人で夕食に来たことを確認。

彼女の写真も別便で送られて来た。やはり、十津川と亀井が吉沢理事長に会ったとき、コーヒーを運んで来た女である。

「小野寺明殺しには、あの理事長も一枚嚙《か》んでいるんでしょうか？」

と、亀井が中野祐子の写真を見ながらきいた。

「多分、加わっているだろうね。あの病院で、患者の一人が逃げて真相をぶちまけようとした。彼に会った小野寺が、老人に化けてもぐり込もうとした。療養所にとっても、本を書いた中条にとっても、危険な状態になったわけだよ。だから協力して患者の老人を殺し、小野寺を殺したんだろう」

「それに、彼のメイクに当たった須貝も殺したわけですね」

「あれは、時間かせぎに殺したんだと思うよ」

と、十津川はいった。

「時間かせぎといいますと？」

と、亀井がきく。

「連中だって、いつかは吉沢療養所がマークされることは覚悟したと思うね。だが、すぐ調べられては困る。あの療養所をパラダイスに化粧しておかなければならないからだよ。その時間かせぎに須貝を殺し、われわれが吉沢療養所にたどり着く時間をおくらせたんだよ」

と、十津川はいった。

「なるほど、その間に吉沢療養所では、患者たちに真新しいパジャマを支給し、食事なんかも改善して、われわれを待ち受けていたというわけですか」

「そのとおりだと思うね」

と、十津川は肯いた。

「上野公園で患者を殺し、秋川で須貝を殺したのは、中条でしょうか？」

「彼だとすれば、吉沢からかなりの金を貰っているだろうね」

と、十津川はいった。

「そんなに老人の療養所というのは儲《もう》かるものなんですかねえ？　大変な仕事だと思いますが」

亀井が、首をかしげていった。

「大変な仕事にしたら儲からないんだろう。簡単な仕事にして儲けるんだと思うよ」

「簡単なですか」

「病気の老人なら、あまり文句はいわないだろう。それをいいことに碌《ろく》な医療もやらずに、放っておく」

「理事長は、生活保護を受けているような貧しい老人でも、喜んで受け入れていると自慢していましたが」

「そういう老人のほうが、もっと楽だよ。老人は律義《りちぎ》だから、タダで面倒を見てもらっているという負い目がある。事務的に扱っても文句をいわないはずだよ」

「そして税金で、療養所には医療費が支払われる」

「そうさ。医療費の水増しだって当然やっているだろうね。孤独な老人だろ。不満を聞いてくれる人間がいないから、じっと我慢して入所しているより仕方がない」

「上野公園で死んだ老人のように、職員に殴られている患者が、他にもいるかもしれませんね」

と、亀井がいった。

「証拠があれば、令状をとってあの療養所を調査できるが、患者の待遇問題は警察の仕事ではないしね」

と、十津川は残念そうにいった。

「中条は来週ヨーロッパに行くといっていましたねえ」

亀井が思い出して、十津川にいった。

「それまでにアリバイを崩して、逮捕したいよ」

と、十津川はいった。

13

十津川は、T出版の林に電話をかけた。

「折り入ってお願いがあるんですが」

と、十津川はいい、

「明日、午前六時五十分に、上野駅に来てもらえませんか」

と用件をいった。

「ああ、例の事件の現場検証ですか？」

「そうです。十二日の状況を、この眼で確かめたいんですよ」

「いいですよ。上越新幹線のホームで、六時五十分に、お待ちしています。確か『とき403号』は19番ホームでしたよ」

と、林はいってくれた。

翌朝、十津川は亀井と上野駅に向かった。

林は先に地下ホームに来てくれていた。

「警察の仕事も大変ですねえ」

と、林は二人を見て同情した。

「何とかして事件を解決したいからですよ。このホームで小野寺さんと話をしたんですね？」

と、十津川はきいた。

「そうです。彼が老人の恰好で近づいて来て、声をかけられたときは、本物の老人だと思いましたねえ。小野寺と名乗られても、しばらくは信じられませんでしたよ」

林はそのときのことを思い出すように、眼を大きくした。

問題の「とき４０３号」が入線して来た。

八両連結の列車である。

ホームのアナウンスが、この列車が新潟まで各駅に停車することを伝えている。

次の「あさひ１号」は長岡にしか停車しないので、間違えないようにともいった。

七時〇四分の定時に「とき４０３号」はホームを離れて行った。

「このあと、林さんは山手線に乗ったんですね？」

と、十津川がきいた。

「そうなんです。そういえば彼はやたらに急いでいましたねえ」

と、林が思い出した顔でいった。

「彼というのは中条さんですね？」

「そうです。これからどうするんだと聞くから、山手線に乗って神田へ出るといったんです。そしたら、じゃあ早く行こうといいましてね。ホームを駆け出したんです。こっちも釣られて走りましたがね」

と、林は笑った。

「じゃあ、われわれも急ぎましょう」

十津川は林にいい、エスカレーターに向かって走り出した。

エスカレーターで上にあがる。

山手線などへの連絡口に出た。

「私はすぐ山手線のホームへ行きました」

と、林がいう。

「中条さんは、どっちへ行ったんですか？」

亀井がきいた。

「彼は地下鉄に乗るというんで、ここで別れましたよ」

「本当に地下鉄に乗ったんですかね？」

と、十津川がきくと、林は笑って、

「それはわかりませんよ。私は山手線に乗ってしまいましたから」

と、いった。

「彼は地下ホームに引き返して、上越新幹線に乗ったんじゃありませんか？」

十津川は、東北新幹線と上越新幹線の電光掲示板に眼をやった。

上越新幹線の次の発車は、新潟行きの「あさひ1号」である。

発車は七時二〇分。同じ19番線となっている。

「なぜ、中条さんがそんなことをするんですか？」

と、林が首をかしげた。

「先に行った『とき403号』を追いかけるためですよ。東海道新幹線では『ひかり』が、よく『こだま』を途中で追い抜きますからね」

「上越新幹線では、確か追い越す列車はないんじゃありませんか？　上野―新潟間が短いですからね」

「間違いありませんか？」

と、十津川が念を押すと、林は自信がなくなったのか、

「聞いて来ましょう」

と、いって、駅員のほうへ走って行った。

駅員に聞いていたが、興奮した顔で戻ってくると、

「驚きましたよ」

「何がですか？」

「上越新幹線では追い越す列車は早朝と夜の一本ずつしかないんです。七時〇四分上野発の『とき403号』を、七時二〇分発の『あさひ1号』が追い越す。午前中ではこの一本だけなんですよ」

「それが問題の列車ですね？　小野寺さんが乗って行った」

「そのとおりです。彼は、ただ二本の不運な追い越される列車に乗って行ったことになります」

と、いった。

十津川と亀井は、思わず顔を見合わせた。

十津川は時刻表を買って来て、二つの列車を比べてみた。

「読めてきましたね」

と、亀井が、笑顔で囁《ささや》いた。

「ああ」

と、十津川は肯いた。

「間違いなく、中条は『あさひ1号』で追いかけていますね」

と、亀井がいう。

「小野寺を見送ってから、『あさひ1号』の発車まで十六分しかないから、中条は急いでいたんだろう。地下鉄に乗ると見せかけて、また上越新幹線のホームに戻らなければならないからね」

「時刻表によると、長岡で追いつけるわけですね。ただ、浦佐は長岡の手前です。小野寺明がそこで降りてしまっていたら、長岡で追いついても仕方がなかったわけですが」

と、亀井がいうと、十津川は楽しそうに肯いて、

「それで中野祐子の出番さ」

「睡眠薬――ですか？」

と、亀井。

「そうだよ。やはり二人は共犯だったんだ。ひとりで小野寺を殺したのでは、アリバイが作れない。それで、役割を分担してアリバイを作ったんだ」

「中野祐子が車内で小野寺を眠らせ、中条が追いついて殺す役だったわけですね？」

「中条は、『とき403号』に乗った小野寺を見送っておいてアリバイを作り、次の

『あさひ1号』で追いかけた。しかし、『あさひ1号』は長岡にしか停まらない。小野寺はその前の浦佐で降りてしまう。そこで、長岡まで無理にでも乗っていてもらわなければならない。その役を中野祐子が引き受けたんだよ」

「彼女は、よく小野寺がわかりましたね？　完全に老人に化けていたのに」

と、亀井がいう。

		とき403号	あさひ1号
上野	発	7.04	7.20
大宮	発	7.24	↓
熊谷	発	7.41	↓
高崎	着	7.57	↓
	発	8.02	↓
上毛高原	発	8.20	↓
越後湯沢	発	8.35	↓
浦佐	発	8.49	↓
長岡	着	9.02	8.40
	発	9.03	8.41
燕三条	発	9.14	↓
新潟	着	9.28	9.00

「彼女も、きっとホームにいて、中条を見ていたんだと思う。中条が話している相手を眠らせればいいと考えていたんだろうね。とにかく祐子は、高崎を過ぎたあたりで何気なく小野寺に近づき、睡眠薬入りの缶ビールをすすめたんだ」

「小野寺は警戒しなかったんでしょうか？」

「相手が若い美人だからね。男は甘いものさ」

と、十津川は苦笑した。

「祐子は、それを飲ませたあと、アリバイ作りのために越後湯沢で降りたわけですね？」

「そのとおり。アリバイ作りのために越後湯沢で降りて、駅前の喫茶店に昔の友人を訪ねている」

「小野寺のほうは完全に眠ってしまった――」

「浦佐で降りることもできず長岡まで行ってしまったんだ。長岡では『あさひ1号』で追いついた中条が乗って来て、いぜんとして座席で眠っている小野寺を刺殺した。おそらく、次の燕三条あたりで降りて東京に戻ったか、あるいは浦佐の吉沢療養所へ行って首尾を報告したかだろうね」

と、十津川はいった。

「殺された小野寺が、燕三条までの切符を持っていたのは？」

と、亀井がきいた。

「もちろん、誰かが持たせたのさ。小野寺は吉沢療養所へ行くつもりだったから、浦佐までの切符を買っている。また、だからこそ『とき403号』に乗ったんだよ。だが浦佐までの切符を持って殺されていたら、吉沢療養所が絡んできてしまう可能性がある。そこで、中条か祐子が前もって燕三条までの切符を余分に買っておいて、小野寺に持たせたんだよ」

と、十津川はいった。

「これで、二人のアリバイが崩れましたね。いや、正確にいうと中条のアリバイがですが」

亀井が興奮した口調でいった。

「そうだ。アリバイが崩れたよ」

「中条を逮捕――」

と、いいかけて、急に亀井が眉《まゆ》をひそめた。

「どうしたんだ？　カメさん」

と、十津川がきく。

「上越新幹線では、この『とき403号』と、次の『あさひ1号』の間にだけ、追い抜きがあるんでしたね?」

亀井が、声を落としてきいた。

「そうだよ。他の『とき』と『あさひ』の間では追い抜きはないんだ。中条は、唯一の機会《チャンス》を利用して小野寺を殺し、アリバイを作ったんだよ。頭がいいといえるんじゃないかね?」

十津川が、笑顔できいた。

亀井は、まだ眉をひそめたままで、

「そこなんですが――」

「何だい?」

「もし、小野寺が午前七時という早い時間に上越新幹線に乗らなかったら、どうなったんでしょうか? 昼過ぎに行くことにしたら、中条は、このトリックは使えなかったことになります。第一、朝の七時というのは異様な早さですから、他の時間になる可能性のほうが高かったんじゃありませんか? その場合はどうするつもりだったんですかね?」

亀井が、どうですかという眼で十津川を見た。

十津川は事もなげに、

「とにかく、小野寺を七時〇四分の『とき４０３号』に乗せてしまえばいいんだろう？」

「そうです」

「吉沢療養所の患者が逃げて小野寺に会ったらしいという知らせは、吉沢理事長の耳にも達していたと思うのだ。そして小野寺がやってくることは目に見えている。とにかく、体当たり取材の小野寺だからね。小野寺は奥山浩介という老人になりすまして、吉沢療養所にもぐり込もうとした。行き当たりばったりに出かけて行っても入れてはくれない。そこで小野寺は、電話で予約をとったと思うんだ。そのとき吉沢理事長は、午前九時に病院へ来てくれといったんだと思う」

「午前九時ですか？」

「そうだよ。午前九時というと浦佐には少なくとも、その十二、三分前には着いていなければならないことになる。時刻表を見れば、これにぴったり合う列車というと、浦佐に午前八時四八分に着く『とき４０３号』しかないんだよ。自動的に、この列車に乗ることになってしまうんだ」

と、十津川はいった。

亀井はなおも、

「しかし、前日に浦佐に行って一泊して、療養所に来たら困ったんじゃないですか？」

と、きいた。

十津川は笑い出した。

「カメさんは、ずいぶん細かいことに気を遣うんだねえ」

「まあ気になるものですから」

と、亀井はいった。

「前日に来られないようにするのは簡単だよ」

と、十津川は微笑して、

「もし小野寺が昼間電話して来たら、今、理事長がいないので夜の十一時ごろもう一度、電話してくれという。そして、十一時にかかって来たら、明日の午前九時に来てくれといえばいいんだよ」

と、いった。

「なるほど。簡単なことですね」

亀井も微笑した。

十津川はすぐ、新潟県警の三田警部に電話をかけ、中条のアリバイが崩れたことを告げた。

「そちらでは、吉沢療養所の吉沢理事長と秘書の中野祐子を逮捕してくれませんか。この三人が、しめし合わせて小野寺明を殺したことは、間違いありません」

「わかりました。こちらでもその二人の令状を取りますよ」

と、三田はいってから、

「その他に、こちらとしては、あの療養所を徹底的に調べてみようと思っているんですよ。例の老人のこともありますからね。逃げ出して上京し、上野公園で殺された老人のことです」

と、いった。

「あの老人のことは新聞も取りあげているので、間もなく身元がわかると思っているんですがね」

と、十津川はいった。

「われわれとしては、あの療養所を調べたいが、同時に潰《つぶ》したくもないんです。老人を食いものにしているとは思いますが、今、老人のための施設が、少ないですからね」

と、三田はいった。

「わかりますよ」

と、十津川はいった。

十津川は、中条忠則の逮捕令状を貰い、亀井と逮捕に向かった。

パトカーの中で、亀井がなぜか元気がなかった。

「どうしたんだ？　カメさん」

と、十津川がきくと、

「さっき夕刊が来ていたので、何気なく見たんですが、今日一日で、全国で三人の老人が病気を苦にして自殺したそうです」

と、亀井はいった。

「ひどい話だね」

と、十津川は呟いた。

「老人が病気になると、個人の力じゃどうしようもないんだと思いますね。どこか収容して治療してくれる機関がないと」

と、亀井がいった。

「だがね、カメさん」

と、十津川は声を強くして、
「だからといって、連中を許すわけにはいかないんだ」

東京—旭川殺人ルート

小鳥を飼う女

1

「すいません」

突然、背後から、声をかけられた。

西本が振り返ると、若い女が、コートの襟《えり》に、首を埋めるようにして、立っていた。

「え？」

という顔を、西本がすると、女は、

「この先のマンションまで、送ってくれませんか？　変な男に、つけられているんです」

と、低い声で、いった。

「いいですけど、どこのマンション？」

「ヴィラ三鷹なんです」

「それなら、方向が同じだから、喜んで、送りますよ」

西本は、微笑して見せた。

ヴィラ三鷹は、この辺では、豪華マンションといわれる建物だった。二年前に完成した十五階建のマンションだ。この辺では珍しく、地下駐車場がついている。

一刑事の西本が、逆立ちしても、住めるようなマンションではなかった。

すでに、時刻は午後十一時に近い。年が明け、一月下旬で、寒い盛りだった。粉雪がちらついて、この女も、駅で、タクシーが拾えず、歩いて来たのか。

そんなことを考えながら、西本は、女と肩を並べて、夜の道を歩いた。彼女は、時々、背後をふり返る。

ヴィラ三鷹に着くと、

「一緒に、部屋まで来て下さい。エレベーターが、怖いんです」

と、女は、いった。去年の暮れに、エレベーターの中で襲われかけた住人の女性がいるという。西本は、エレベーターで最上階の十五階まで、送って行った。

一五〇七号室が、女の部屋だった。名前を見ようとしたが、表札は、出ていなかった。

「お礼に、コーヒーでも。いいでしょう？」

と、女が、いった。

西本は、内心、その言葉を期待していた。独身で、今から、1DKの部屋に帰っても、待っている女はいない。それで、西本は、ありがたく、コーヒーを、ご馳走《ちそう》になることになった。

2LDKの広い部屋だった。人の気配はないのに、女が、いきなり、

「ただいま。今帰りましたよ」

と、奥に向かって、声をかけたので、びっくりしたが、奥の部屋に、鳥かごがあって、そこに飼っているインコに向かって、あいさつしたのだと、わかった。

「今、コーヒーをいれますわ」

と女はいい、キッチンに入って行った。

その間、西本は、鳥かごを、のぞいていた。

「きれいな鳥ですね」

「もっと、赤くなるんですって」

と、彼女が、いう。全身が黄色で、頭の上だけが、鮮やかに赤い。

「これ、インコでしょう？」

「ええ」

「インコって、喋《しゃべ》るんでしたね？」

「ええ。うちのは、オハヨウと、ある人の名前だけしかいえないの」

「何て、名前を覚えたんです？」

「それはいえない――」

「ああ、あなたの恋人の名前？」

「コーヒーが、入りました」

女は、キッチンから出て来ると、コーヒーを二つ並べた。

「お砂糖は、適当に入れて下さいな。あなたが、甘いのが好きなのかどうかわからないから」

と、彼女は、いい、シュガーポットを、西本の方に、押しやった。

「あなたは、砂糖は、入れないんですか?」

「太るのが、怖いんです」

女が、笑って、いう。

インコが、けたたましく、鳴く。

「お客さんが来ると、嬉《うれ》しいらしくて、よく鳴くんです」

「歓迎されてると、思っていいのかな?」

「ええ」

「一つ、質問していいですか?」

「名前なら、白石麻里《しらいしまり》。年齢は、二十歳から三十歳の間」

「ありがとう。しかし、他の質問がしたかったんだ」

「何なの?」

「怖いから、一緒にマンションまで、送ってくれと、いったでしょう?」

「ええ」

「僕は、怖くなかったの? そんなに、聖人君子に見えたのかな?」

「ええ。といいたいけど、違うの」

女が、ニッと、笑う。

「どう違うの？」

「あなたが、刑事さんだって、知ってたの」

「どうして？」

「半月前、このマンションで、事件があったでしょう？」

「ああ、七階で、若い女性が殺された事件だ」

「あの時、刑事さんが沢山《たくさん》来て、その中に、あなたもいらっしゃったわ。それを覚えていたから、安心して、声をかけたんです」

「よく、僕の顔を覚えていてくれましたね」

「あなたが、一番、ハンサムだったから」

と、女は、微笑した。

西本は、照れて、眼を宙にやった。

「この部屋は、高いんでしょうね。入口にも、セキュリティシステムがついているし、駐車場はあるし――」

「あのセキュリティシステムは、あんまり、信用してないの」

と、彼女が、いう。

「七階の事件があったから？」

「ええ。自分のキーで開けて、マンションに入るんですけど、キーがなくても、他の人と一緒に入れるし、出て来る人と、入れ違いに入れるんです」

「そういえば、七階の事件も、必ずしも、内部の人間か、被害者の顔見知りでなくても、マンションに入れるということで、未《いま》だに、犯人が限定できずにいるんだった」

「だから、余計に怖くて、あなたに、一緒に、帰って貰《もら》ったんです」

と、女は、いった。

「オハヨウ、オハヨウ」

突然、インコが、変に甲高《かんだか》い声で、いった。

「お腹《なか》がすいてるみたい」

と、女は、笑い、鳥かごの傍《そば》に行き、

「ピーちゃん、お腹すいてるの？」

と、話しかけている。

「ピーちゃんっていうんですか？」

「名前を考えたことがあるんだけど、面倒くさくなって、ピーちゃん。ああ、棚の上に、エサがあるから、取って下さらない？」

「中インコのエサっていうやつ？」

「ええ」

「インコの大きさによって、エサが違うんだ」

「そうみたいなの」

西本が、箱ごと、持って行くと、女は、エサ箱の中に、細かい粒のエサを、流し込んだ。

「可愛いね」

「刑事さんは、飼ってないの？」

「僕の名前は、西本」

「その西本さんは？」

「以前、文鳥を飼ってたことがある。中学生の頃《ころ》だけどね。このインコは、手のりにならないの？」

「鳥屋さんに頼んで、羽根を切って貰ったんだけど、それでも、窓を開けてると、飛び出してしまうの。だから、かごから出すときは、窓を閉めておかないと」

と、女は、いった。

「じゃあ、今なら、出せるわけだ」

「ええ。ピーちゃんは、頭がいいから、カギを外すと、自分で、出て来るの」

女は、扉のカギを外して見せた。

カチンと音がしたとたん、かごの中のエサ箱で、エサを突ついていたインコは、さっと、扉の傍に来ると、片足で、扉を開けて、飛び出した。

そのまま、女の肩に止まって、首をかしげるようにして、西本を、見ている。

「僕が、珍しいのかな？」

「何にでも、好奇心が、旺盛《おうせい》なの」

「また、鳥を飼いたくなったな」

「じゃあ、インコにしなさいな。言葉を教える楽しみがあるわ」

「でも、そのピーちゃんは、オハヨウと、恋人の名前しか、いえないんでしょう？」

「ふふ」

と、女は、笑った。照れて笑ったのか、それとも、西本の勝手な思い込みを笑ったのか判断がつかなかったが、若い西本にしてみれば、若い彼女と、話しているだけで、楽しかった。

「もっと、沢山、覚えさせたいんだけど、忙しくて」

と、女は、いった。

「どんな仕事をやってるの？」

西本は、もう一度、部屋を見廻《みまわ》した。壁に、パネルが、何枚も飾ってある。

「あのヌード写真、あなたじゃないのかな？」

「ええ」

「じゃあ、モデル？」

「ええ。でも、今、写真の勉強していて、将来は、カメラマンになりたいの。今、写真家といったら、男性が、殆《ほとん》どでしょう。だから、女性が進出する余地は、いくらでもあると思っているの」

「それで、上等なカメラがあるんだ。ライカでしょう？」

西本は、ガラス張りのサイドボードに、眼をやった。ライカが、何台も並んでいる。

「ええ。ライカが好きで、M１から揃《そろ》えているの」

女は、ちょっと、誇らしげな顔をした。

その間に、彼女の肩に止まっていたインコは、軽い羽音を立てて、棚の上に飛んだり、鳥かごの上に、飛んだりしていた。

西本は、それを、眼で追いながら、

「今度、インコを飼ってみよう」

と、いった。

2

ヴィラ三鷹の七〇五号室で殺された女の名前は、小坂井《こざかい》みどり。二十八歳だった。銀座のクラブ「ミラージュ」のホステスである。店が休みの日曜日の午後七時から八時の間に、ナイフで胸を刺されて、殺されたのである。

一月十六日だった。

三鷹署に、捜査本部が置かれ、十津川が、捜査の指揮を執《と》った。

問題のマンションには、セキュリティシステムがあるので、犯人の逮捕は、比較的簡単だろうと、思われた。

玄関のドアを開けるには、入口で各部屋のナンバーを押し、その部屋の住人が、スイッチを押さなければならない。

他には、住人が、各自のキーを、入口のカギ穴にさし込めばドアが開く。

従って、空巣が入り込んで、殺したというケースは、考えられないと、思われたのである。犯人は、被害者、小坂井みどりと関係がある人間に違いないと、十津川は、考え、捜査本部の捜査方針ともなったのである。

小坂井みどりの男性関係は、かなり、派手だった。一番先に疑われたのは、彼女のパトロンだった新宿の宝石店の主人だった。

彼は、毎月、五十万の手当を、彼女に渡していたことは認めたが、犯行の日、一月十六日には、きちんとしたアリバイがあった。

他にも、十人余りの容疑者の名前が、浮かんだ。その中には、有名スポーツ選手や、タレントの名前もあった。

だが、いずれも、アリバイがあるか、動機が、見つからなかった。

それ以上に、十津川を悩ませたのは、セキュリティシステムのことだった。

出入りに厳重な制約があると思ったのだが、実際に調べてみると、意外に、穴があることが、わかったのである。

住人のように、キーを持っていなくても、出入りが出来ることが、わかったのだ。

住人が、キーをさし込んで、ドアを開ける。そのとき、一緒に入ってしまえば、いいのである。

また、出るときは、ドアは、自動的に開く。だから、ドアの前にいて、人が出て来たとき、入ってしまえば簡単に入れる。

入ってすぐのところが、広いロビーになっていて、インフォメーションのカウンターがある。そこに、管理人がいる時もあるが、電話がかかると、管理人室に入って、電話を受けてしまう。また、マンション内で、用事があれば、当然、管理人は、受付から離れてしまう。

つまり、見とがめられずに、中に入るのは、比較的、楽だとわかってきたのである。もし、犯人が、郵便配達、宅配人、飲食店の店員、或《あ》るいは、電気、水道などの工事人なら、疑われずに、中に入れるし、服装を真似た人間も、同じなのだということだった。

これによって、一挙に、容疑者の範囲は、広がってしまい、ついに、容疑者が、絞れないままに、十五日間が、たってしまったのだった。

捜査会議の際、西本は、白石麻里に聞いた話を十津川に、伝えた。

去年の暮れに、あのマンションのエレベーターの中で、住人の若い女性が、チカンにあった話である。

「そんな話は、聞かなかったぞ」

と、十津川は、眉《まゆ》を寄せた。

「その女性が、警察にも、管理人にも話さず、すぐ、引っ越してしまったからだと思います」

「君は、どうして、知ったんだ？」

「偶然、あのマンションの住人の一人と知り合いまして、この人が、その女性と仲が良くて、彼女から話を聞いたのだと、いっていました」

「チカンにあった女性の名前は、わかるか？」

「聞いておきました」

西本は、手帳のページを開けて、十津川に見せた。

十津川は、それを、黒板に、書きつけた。

畑《はた》　恵子《けいこ》

北海道旭川市×町××番地

十津川は、自分の書いた文字に眼をやって、

「あのマンションで、独身の女が殺される約一ヵ月前に、エレベーターの中で、チカンにあった住人の女がいたということだな」

「関係があるかも知れませんね」

と、亀井が、いった。

「君は、この事件について、詳《くわ》しい話を聞いているのか？」

十津川が、西本に、きいた。

「その畑恵子という女性は、二十七、八歳で、殺された小坂井みどりと同じく、六本木で、ホステスをやっていたそうです。去年の十二月の末、二十五日か二十六日らしいんですが、店が終わってから、午前一時近くに、マンションに帰った。エレベーターに乗り、自分の部屋のある十五階のボタンを押したところ、七階で、止まったというのです。こんな深夜に、おかしいと思っていたら、若い男が乗って来た。それでも、てっきり、マンションの住人の一人だろうと思っていたら、いきなり、抱きついて来たというんです」

「それで？」

「普通の若い女性なら、ふるえあがったかも知れませんが、彼女は、水商売を四、五年やっていたので、いきなり、男の腕に噛《か》みついたそうです。男が、ひるむ隙《すき》に、十階でエレベーターを止めて、飛び出したといっています。犯人は、エレベーターで、一階へ逃げ、マンションから、出て行ったんじゃないかということです」

「その犯人が、マンションの住人じゃないことは、間違いないのか？」

「外部の人間だということは、間違いないようです」

「そのあと、彼女は、引っ越して行ったんだな？」

「そこにある旭川市というのは、彼女の郷里だそうです。前々から、両親に、帰って来いといわれていて、事件のせいで、東京に嫌気がさして、去年の暮れに、あわただしく、引っ越して行ったそうです」

　と、西本は、いった。

「彼女は、その犯人の顔を覚えているかね？」

「まだ、一カ月しかたっていませんから、覚えていると思います」

「それなら、日下刑事と一緒に、旭川に行って彼女に会い、犯人の似顔絵を作って貰って来い」

　と、十津川は、西本に、命じた。

　西本は、翌朝、日下と、羽田に向かった。

　旭川行の一番便に、二人は、乗った。

「どういう女なんだ？」

　と、飛行機の中で、日下が、きいた。

「何のことだ？」

「君に、畑恵子のことを話してくれた女だよ。きっと、若くて、美人なんだろうな？」

「カメラマンだよ」

「女の？」

「最近は、女性カメラマンも、珍しくないらしい」

「旭川の仕事がすんで、東京に戻ったら、ぜひ、紹介して欲しいね」

と、日下は、いった。

旭川の上空は、吹雪《ふぶき》だった。おかげで、二人の乗った飛行機は、滑走路の除雪がすむまで、上空で、旋回を続けた。

機内アナウンスは、このまま、吹雪が続けば、千歳《ちとせ》空港に着陸することになるかも知れないと、告げた。

二十分も、旋回したあと、吹雪が止《や》み、着陸することが出来た。

空港から、タクシーで、問題の番地に向かった。市内の道路は、除雪されている。

雪国だけに、道路の除雪や、雪を溶かす技術は、秀《すぐ》れているのだろう。積雪は、山をなしているのに、道路を走る車は、タイヤチェーンをしていないで、平気で走っている。

問題の番地にあったのは、中堅のスーパーマーケットだった。

彼女の実家は、スーパーをやっていたのだが、なぜか、臨時休業の札が、下っていた。近くの酒店できくと、家族に不幸があったので、店を閉めているという。

西本たちを、嫌な予感が、襲った。

詳しくきくと、やはり、東京から帰った娘さんが、亡くなったのだという。

「恵子さんのことですね？」

西本が、確かめるようにきくと、酒店の主人は、

「そうです。次女の恵子さんです」

と、いってから、急に、声をひそめて、

「それも、殺されたんですよ。パトカーが来て、大変でした」

「殺されたんですか？」

「ええ。昨日の夜、雪の中で、背後《うしろ》から刺されたんです。物盗《ものと》りの犯行らしいですよ」

と、酒店の主人は、いった。

二人の刑事は、旭川警察署に、足を運んだ。なるほど、捜査本部の看板が、かかっている。

西本たちは、そこで、木村《きむら》という警部に会い、旭川に来た事情を説明した。

「なるほど」

と、木村は、肯《うなず》いてから、

「それは、残念だったねえ」

「殺されたのは、一月三十一日ですね？」

「そうです。昨日の午後九時から十時の間です。畑恵子は、東京から帰ってから、父親の用意してくれたマンションに住んでいたんですが、時々、スーパーの仕事を手伝っていました。昨日も、その仕事をすませてから、マンションまで、歩いて、帰ろうとしていたんです。歩いて、十五、六分のところにありますからね。その途中で、狙《ねら》われたんです」

「物盗りの犯行ということですか？」

「断定はしていません。十五、六万円が入っていた財布はなくなっていたので、物盗り説も捨て切れないと考えただけです。ただ、いきなり、背中から刺されているので、顔見知り説も残っています」

木村は、慎重に、いった。

「彼女は東京から、去年の暮れに帰って来た筈《はず》ですが、なぜ、帰郷したか、わかりますか？」

と、西本は、きいた。

「もちろん、捜査の過程で、いろいろと、聞き込みをやりました。両親や、姉の話では、もう二度と、東京には、行きたくないと、いっていたそうです。よほど、嫌な思い出があったんだと思いますが、それがどんなことなのか、具体的なことは、わからないのです。被害者は、話さなかったようで」

「彼女の住んでいたマンションで、エレベーターに乗っているとき、チカンにあったのです」

西本は、麻里に聞いた話を、木村に伝えた。

「そんなことが、あったんですか」

「それで、東京は、怖いところだと思い、帰郷したんだと思いますが――」

「その郷里の旭川も、怖いところだったということになってしまった――」

木村は、ぶぜんとした顔になって、いった。

このあと、西本たちは、現場の写真や、地図を見せて貰った。

深い積雪に、俯《うつぶ》せに倒れている被害者の写真。

「多分、彼女は、犯人に追われて、積雪の中へ逃げようとしたんだと思いますね。こっちの方に、家がありますから」

と、木村が、説明する。

「犯人は、いきなり、刺したんですか？　それとも、最初は、金をよこせといい、逃げられまいと、背中を刺したんでしょうか？」

日下が、きいた。

「今もいったように、逃げようとしたところを刺されていますね。一応、後者だと考えています」

「刺傷は、一カ所ですか？　写真だと、他にもあるように、思えますが」

「三カ所、刺されています。いずれも、背中からです」

「それは、止《とど》めを刺したという感じなんですか？」

「わかりませんね。夢中で刺したのかも知れません」

「帰郷してから、一カ月あまりだと思いますが、その間に、彼女は、似たような事件に、あっていたんでしょうか？」

と、西本は、きいた。

木村は、微笑した。

「私も、同じことを考えました。被害者のマンション近くで、怪しい男が、夜、じっと立っていたといった証言があるんですが、それが、犯人とは断定できません。問題のマンションは、独身女性が多く住んでいましてね。恋人や、ヒモが、夜、自分の彼女の帰りを、じっと待っていることが、よくあるんです」

「寒い雪の中でですか？　旭川といえば、日本で一番寒い所だと聞いていますが」

「土地の人間は、慣れていますから」

と、木村は、笑った。

とにかく、まだ、一日しかたっていないのだ。捜査方針が、決まらないのも、不思議はない。

その日、二人は、市内のホテルに泊まることにして、夕食のあと、西本は、十津川に、畑恵子が殺されたことを、報告した。

「私も、日下も、驚きました」

「問題は、犯人の動機だな」

と、十津川は、いった。

「私も、そう思います。単なる物盗りの犯行なら、無視できますが、東京のマンションでのチカンと関係があるとすると、考えざるを得ません」

「それに、小坂井みどり殺害との関係だ」

と、十津川は、いう。

「警部は、あのマンションの殺しは、ひょっとすると関係があると、お考えですか？」

西本は、きいた。

「そうなんだ。ヴィラ三鷹というマンションで、たて続けに、事件が起きたわけだからな。エレベーター内でのチカン被害、そして、殺人だ。しかも、狙われたのは、いずれも、若い独身の女だ。そして、チカンにあった女は、引っ越し先の旭川で、殺されたとなると、どうしても、何か関係があると考えるのが、自然じゃないかね？」

「こちらでも、畑恵子殺しについて、東京でのチカン被害も、考えて、調べ直したいと、いっています」

「物盗りと断定できないという見方だな」

「そうです。とにかく、まだ、二日しかたっていませんから、これから、さまざまなことが、わかってくると思っています。明日、畑恵子の家族に会って、話を聞いてみたいと思っています」

と、西本は、いった。

3

翌日は、眩《まぶ》しいくらいの快晴だった。

二人の刑事は、サングラスをかけ、畑恵子の家族に、会いに出かけた。

まず、彼女の両親に、会った。

父親は、五十二歳、母親は、五十歳と、まだ、若かった。

「やっと、旭川へ帰って来たと思ったら、こんなことになって、残念です」

と、父親は、いい、母親は、

「私は、物盗りの犯行なんて信じられません。ただ、お金を盗るためなら、殺さなくてもすむことなんですから」

と、抗議するように、いった。

恵子の姉の章子《あきこ》は、旭川で結婚していたが、彼女の話は、更に、積極的だった。

「恵子を殺したのは、顔見知りの人間だと思います。きっと、見つけてやろうと思っています」

と、彼女は、いった。

「なぜ、そう思うんですか？」

と、西本は、きいた。

「恵子は、東京で水商売をやっていました」

「知っています」

「その間に、お金を貯《た》めていたんです。あの子は、宝石が好きで、いろいろ身につけていたんですよ。五百万で買った二・八カラットのダイヤの指輪とか、ゴールドのロレックスの腕時計とか。十何万かの現金は盗まれたのに、そんな指輪や、腕時計が盗られていないんです。物盗りの犯行なら、変じゃありません？」

「しかし、現金は、足がつかないと思って、現金しか盗らない犯人もいますが」

日下がいうと、章子は、

「ええ。それは、ここの刑事さんも、いっていましたわ。でも、妹が身につけていたものの中で、一番安いと思う星形のペンダントが、なくなっているんですよ。銀製で、星の真ん中に、小さなダイヤが埋め込まれているものですけど、せいぜい、十万くらいのものですわ」

と、章子はいい、メモ用紙に、そのペンダントの絵を描いてくれた。大きさは、五、六センチのものだという。

「しかし、このペンダントのことは、道警では、知らないみたいでしたがね」

西本が、いうと、章子は、

「あんまり、物盗りだ、物盗りだというから、わざと、話さなかったんです。それに、ひょっとして、このペンダントは、落としたのかも知れないと、思ったからですわ。前に、鎖が切れて、落としたことがあるといっていましたから」

「殺される直前にも、妹さんに、会っていらっしゃいますか？　殺された一月三十一日は、どうですか？」

西本が、きいた。

「あの日は、会っていないんです。前日の三十日には、会っていますわ」

「その時には、そのペンダントは、身につけていましたか？」

「ええ。していました。妹は、大柄なので、その大きなペンダントが、似合うんですよ」

「一月三十一日、ペンダントをマンションに置いて、しないで、スーパーで働いていたということは、考えられませんか？」

「それも考えましたわ。それで、妹の部屋を調べてみましたけど、ありませんでした。だから、あの日、ペンダントをして出たことは、間違いないんですよ。だから、どこかで落としたか、犯人に、盗られたかのどちらかなんです」

「ここの警察には、ペンダントのことを、話された方がいいですよ。別に物盗り説に固執しているわけではないようですから」

と、西本は、いってから、

「東京のマンションのエレベーターの中で、チカンにあったことを、妹さんは、あなたに話していましたか？」

と、きいた。

「ええ。それが怖くて、旭川に帰って来たといっていましたけど」

「どんな風に、話したんでしょうか？」

「夜おそく、マンションに帰って来て、エレベーターに乗ったら、途中の階で、若い男が乗って来て、いきなり抱きすくめられた。それで、突き飛ばして逃げたと、いっていましたわ」

「犯人の腕に、嚙みついたとは、いっていませんでしたか？」

西本がいうと、章子は、びっくりして、

「妹は、そんなことをしたんですか？　私には、ただ、突き飛ばして逃げたと」

「おかしいな。なぜ、そんなことで、嘘《うそ》をついたんでしょうか？」

西本は、首をひねった。

「妹らしくありませんわ」

と、章子が、いう。

「嘘をいったことがですか？」

「いえ。犯人の腕に嚙みついたということですわ。突き飛ばすぐらいのことはするでしょうけど、嚙みつくというのは、妹らしくないと思うんです」

「そうですか」

「それにしても、なぜ、嚙みついたなんて、嘘をついたのかしら？」

今度は、章子が、首をかしげている。

「東京で、妹さんが、親しくしていた男のことを、何か知りませんか？」

と、日下が、きいた。

「残念ですけど、知らないんです。妹は、何も話してくれませんし、持ち帰った手紙や、写真は、全部、焼いてしまったんですよ」

と、章子は、いう。

「なぜ、そんなことをしたんでしょうか？」

「妹は、東京でのことは、全《すべ》て忘れて、この旭川で、生れ変りたいと、いっていました」

「あまり、いい思い出は、持っていなかったんですかねえ?」

「かも知れませんわ」

「妹さんのマンションを見せて貰えませんか」

と、西本は、いった。

「構いませんけど、襲われたとき、身につけていたものは、まだ、旭川警察署に、保管されていますわ」

「それでも、構いません」

と、西本は、いった。

七階建のマンションだった。確かに、スーパーから歩いて、十五、六分の近さである。

その三階の2DKの部屋だった。

章子に続いて、中に入った西本は、おやっという顔になって、

「小鳥がいますね」

「ええ。妹が、好きだったんです。あたしの家へ持って行きたいんですけど、うちは、猫が二匹もいるので、こうして時々、エサをやりに来てるんです。かごの掃除もしな

ければいけないんで、これから、どうしようかと」

「インコですね？」

「ええ。可愛いでしょう？」

と、章子は、微笑した。

全身が黄色で、頭部が赤い。

西本は、いやでも、ヴィラ三鷹の白石麻里のことを、思い出した。彼女の部屋で見たのと、同じ種類のインコではないか。

部屋は、床暖房なので、温かい。

「妹さんは、東京でも、インコを飼ってたんじゃありませんか？」

と、西本は、きいた。

「と、思いますよ。恵子は、小鳥が好きだったから」

「東京のインコを、持って来たんじゃありませんか？」

「これは、帰って来てから、旭川で、買ったものですわ」

「東京で飼っていたのは、どうしたんでしょう？　誰かに、あげたといった話は、きいていませんか？」

と、西本は、きいた。

「それは、きいていませんわ」

章子は、いう。

「鳥の話は、どうでもいいじゃないか。それより、部屋の中を、調べよう。犯人の手掛かりがつかめるかも知れない」

日下が、口を挟んだ。

「わかっている」

と、西本は、いったものの、どうしても、白石麻里のことが、頭から離れなかった。

彼女が飼っていたインコは、帰郷する畑恵子に貰ったものではないのか？

あのインコのことがである。

もし、そうなら、なぜ、麻里は、話してくれなかったのか？

どうでもいいことかも知れないが、やたらと、引っかかるのだ。

「何もありませんねえ」

と、日下が、文句をいっている。

「さっきもいったように、思い出になるようなものは、全部、妹は、焼いてしまいましたから」

と、章子が、いう。

西本も、日下に、加勢することにした。上等な家具や、二十九インチのテレビなどは、東京から、送ったものだろう。

タンスには、高価そうなドレスがあふれ、着物も、引出しに入っている。

だが、写真のアルバムも、手紙の束もない。どこか異様である。

（これは、東京の思い出は、全て、断ち切りたいという恵子の強い意志の表われなのか）

問題は、本当に、断ち切れたかどうかということである。

犯人が、その過去の中から、やって来たのだとしたら、彼女の願いは、空《むな》しかったことになる。

結局、2DKの部屋からは、何も見つからなかった。

午後になってから、西本と、日下は、もう一度、旭川署に、木村警部を訪ね、何か進展があったかを、きいてみた。

「聞き込みで、いくつか、わかったことがあります。その一つが、旭川空港のロビーで、被害者を見かけたという証言です」

と、木村は、いった。

「空港でですか？」

「そうです」

「何処《どこ》かに行くところだったんでしょうか?」

「目撃者の話では、誰かが着くのを待っているようだったと、いっています」

「いつのことですか?」

「一月六日の午後だそうです」

「正月三ヶ日が明けてからですか。その目撃者は、信頼できる人ですか?」

「畑恵子の父親の友人です。彼女のことは、子供の頃から知っているし、帰郷してからも会っていますから、見間違えることはないと思います。彼は、東京に、仕事上のことで行くところだったので、そのあと、恵子がどうしたかはわからないと、いっています」

「彼女は、東京に、何年いたんでしたか?」

「五年間です」

「すると、東京から来た人間を迎えに行った可能性もありますね?」

「そうです」

「しかし、おかしいな」

「そうでしょう? 東京の思い出は、断ち切りたいと願っていた筈ですからね」

と、木村も、いった。

二日間、旭川にいて、二月二日に、西本と、日下は、東京に戻った。

十津川への報告を、日下に委《まか》せて、西本は、まっすぐ、ヴィラ三鷹に向った。どうしても、白石麻里に、ききたいことがあったからである。

すでに、夕闇《ゆうやみ》が、立ち籠《こ》めていた。

玄関に立ち、1507と、番号を、押す。だが、インターホンは、応答がない。もう一度、押してみたが、同じだった。

西本は、今度は、管理人のボタンを押した。

ガラスの扉の向こうに、中年の男が、現われ、扉越しに、

「何かご用でしょうか？」

と、きく。

西本は、警察手帳を、示した。扉が開いた。

「一五〇七号室の白石麻里さんに会いに来たんですが、留守みたいですね？」

と、西本が、きくと、

「一昨日《おととい》から、お留守です」

管理人がいう。

「じゃあ、今日で、三日間留守なんですか？」

「ええ。ナマモノの宅配が来ているんですが、困っているんですよ」

「部屋を開けて下さい」

「しかし、本人の許可がないと――」

「緊急事態です。私が、責任を取ります」

西本は、険《けわ》しい眼になって、いった。

管理人も、あわてて、マスター・キーを取り出すと、二人で、十五階まで、あがった。

一五〇七号室のドアを開ける。

西本は、一瞬、最悪の事態も、予想した。七階の部屋のように、部屋の中で、胸を刺されて死んでいる麻里の姿をである。

だが、死体はなかった。

白石麻里本人もである。部屋の明りはついていた。

二人が入ると、奥で、バタバタと、羽音がした。西本が、のぞくと、例のインコが、しきりに、かごの中を飛び廻っている。

エサ箱も、水呑《みずの》みも、カラに近かった。

インコは、何かを訴えるように、飛び廻りながら、

「オハヨウ、オハヨウ」

と、甲高い声をあげる。

西本は、あわてて、エサと、水を与えた。

「小鳥がいるのに、白石さんは、何処へ行ったんですかねえ？」

と、管理人が、文句をいった。

インコは、飛び廻るのを止めて、エサを、突っついている。

「彼女が、何処へ行ったかわからないんですか？」

西本は、インコに眼をやりながら、管理人にきいた。

「わかりません。ここに住んでいる人は、みんな、プライベートなことに触れられるのを嫌がりますからね」

「このインコですが、いつから、白石さんが飼っているか、わかりますか？」

「さあ。いつからですかねえ」

「同じ十五階に、畑恵子さんという女性が、住んでいましたね？」

「ええ。一五〇九号室。この一つおいた部屋です」

「彼女も、インコを飼っていたと思うんだが、どうですか？」

西本が、きくと、管理人は、困惑した顔で、

「今もいいましたように、私は——」

「住人のプライバシィには、立ち入らない？」

「そうですよ」

と、管理人は、怒ったように、いった。

西本は、部屋の中を見廻した。先日、ここへ来たときと、変わったところは、見られない。部屋を荒らされた形跡もなかった。

西本は、携帯電話で、三鷹署の捜査本部にかけ、十津川に、白石麻里がいなくなったことを告げた。

「旅行に出ている可能性もあるんだろう？」

と、十津川が、いう。

「可能性はありますが、私は、何か理由があって、姿を消したか、誘拐されたと、思っています」

「なぜ、そう思うんだ？」

「インコです」

「インコ？」

「ええ。彼女は、インコを飼っていて、とても、可愛がっていました。ところが、今、この部屋に入ってみると、エサも、水も、殆ど無くなっているのです」

「可愛がっていれば、そんなことはしないというわけか？」

「そうです。今は、小鳥ショップで、何日間か、預かってくれます。旅行に出かけたのなら、彼女は、預けてから行くと思うのです」

「確かに、おかしいな」

と、十津川は、いってから、

「君の情報源は、その白石麻里さんだったのか？」

と、きいた。

「それは――」

「若くて、美人らしいな」

「――」

「すぐ、日下刑事たちを行かせる」

と、十津川は、いった。

日下と、三田村《みたむら》、それに、北条早苗《ほうじょうさなえ》の三人の刑事が、パトカーで、駈《か》けつけた。

四人で、2LDKの部屋を、隅から隅まで、調べる作業が、始まった。

もし、白石麻里が、誘拐されたのだとしたら、顔見知りの犯行の可能性がある。とすれば、犯人から手紙が来ているかも知れない。一緒に撮った写真があるかも知れない。

アルバム一冊と、手紙の束が見つかり、それを、四人で、調べていった。

アルバムを見ていた北条早苗が、急に、

「何なの？　これ」

と、大きな声をあげた。

そのページには、驚いたことに、西本の写真が二枚、貼《は》りつけてあったのだ。

「昔からの知り合いだったのね」

と、早苗が、からかうように、いう。

「止《よ》してくれ。彼女に、写真を撮られた覚えなんかないんだ」

西本は、顔を赤くして、いった。

「でも、間違いなく、西本さんの顔よ」

「待てよ」

と、三田村が、口を挟んだ。

「西本の背後《うしろ》に写っているのは、ぼんやりしているが、日下だろう？」

「どうやら、望遠レンズを使って、撮ったものだよ。多分、このマンションの七階で、殺人事件があったときだ。われわれが、調べに来たとき、望遠レンズで、撮ったんだ」

「ああ、そうね」

「そういえば、あの事件のとき、おれを見たので、前から、刑事だとわかっていたと、彼女は、いっていた」

と、西本は、いった。

「サイドボードの中に、ライカも、望遠レンズもあるわ」

と、早苗が、いった。

「彼女、カメラマン志望なんだ」

「だから、殺人事件の捜査に来た刑事に興味を持って、カメラで、狙ったわけ？」

「他に考えようがないよ」

と、西本は、いった。

「彼女って、盗み撮りが、好きだったみたいね」

早苗は、ページを繰りながら、いう。確かに、ここの管理人が、若い女と立ち話をしているショットだとか、夜の連れ込み旅館に入る男女のシルエットといった写真が、何枚も、アルバムには、貼ってあった。

西本は、サイドボードから、ライカM6と、望遠レンズを取り出した。M6に、一〇〇〇ミリの望遠レンズをつける。かなり重い。

「彼女、車を持っていますか？」

と、西本は、管理人に、きいた。

「ええ。真っ赤な、小さい車を持っていますよ。何といいましたかね？　角張った、外国製の――？」

「ミニ・クーパー？」

「ええ。それです」

「今も、地下の駐車場にありますか？」

「いいえ、見えません。だから、てっきり、旅行に出られたとばかり、思っていたんですがねえ」

と、管理人は、いう。

「それなら、カメラも持って行く筈だ」

と、西本は、いった。

アルバムにも、旅行先で撮った写真が、沢山貼ってある。北陸、四国、九州、それに、伊豆の写真である。

カメラマン志望なら、当然、旅には、カメラを、持って行くだろう。どんな素敵なシャッターチャンスがあるかわからないからだ。

写真アルバムや、手紙から、親しくしていたと思われる何人かの名前が、浮かんできた。

西本たちは、その名前を、手帳に書き写してから、捜査本部に、引き揚げた。

西本たちの報告を聞いた十津川は、当惑した顔になった。

「君たちにいっておきたいが、われわれの捜査の主目的は、あのマンションの七〇五号室で、殺された小坂井みどり事件の捜査だよ。白石麻里が誘拐されたという証拠はないんだし、旭川で殺された畑恵子の事件は、あくまで、北海道警の事件だ。それは忘れないでくれ」

「しかし、小坂井みどり殺しと、関係があるとすれば、別じゃありませんか？」

西本が、いった。

「もちろんだ。だが、関係があるとわかるまでは、あまり、脇道《わきみち》へ、それないで、捜査を進めたいんだよ」

と、十津川は、いった。

多分、若い西本刑事への注意もあった筈である。

だが、西本は、白石麻里のことが、気になって仕方がなかった。

十津川が、危惧《きぐ》したように、殺された小坂井みどりのことよりもである。すでに、冷静に考えられなくなって、最悪の事態を考えてしまう。誘拐され、すでに、殺されてしまったのではないかとである。

同僚で、いつもコンビを組む日下には、

「ぼんやりしすぎているぞ。彼女のことが、そんなに心配か？」

と、からかわれるのだが、西本は、

「ああ、心配だ。誘拐された可能性が強いからな」

と、いった。

「しかし、誰が、何のために、誘拐するんだ？　そんなに、彼女は、資産家なのか？」

「誘拐の目的なんか、わからないさ」

西本が、怒ったように、いったとき、彼の前の電話が鳴った。

西本が、受話器を取る。

「ヴィラ三鷹の管理人ですが、西本刑事を」

「私が、西本だ。白石麻里さんのことで、何かわかったのか？」

「今朝、お帰りになりました」

「帰った？」

西本は、奇妙な感じに襲われた。無事だったということに、ほっとしながら、同時に、拍子抜けした。あれだけ心配したのは、何だったのかという思いが、交錯したのだ。

「彼女は、どういってるんだ？」

「疲れたといって、しばらく、お休みになるそうです」

「私たちが、彼女の部屋を調べたことは、いったのか？」

「いいえ。ただ、西本さんが、小鳥のことを心配するので、私が、部屋に入り、エサと水をあげたことは話しました。黙っていると、不審に思われますから」

「それについて、彼女は？」

「ありがとう、といっておられます」

「今日、帰りに、そちらへ寄ります」

と、西本は、いった。

彼が、白石麻里が帰ったことを話すと、十津川は、笑って、

「良かったじゃないか」

「しかし、どうも、解《げ》せないのです」

と、西本は、いった。

彼は、帰りに、ヴィラ三鷹に、寄った。麻里は、少し、やつれた感じの顔で、西本を迎え、いつかと同じように、コーヒーをいれてくれた。

「管理人に聞きました。ピーちゃんのことを、心配して下さったんですってね。おかげで、ピーちゃんも、死なずにすみましたわ」

「三日も、帰っていないと聞いたものでね。どうしたんですか？」

と、西本は、きいた。

「骨休めに、伊豆の温泉へ行ったんです。ピーちゃんのこともあるので、一泊くらいで帰るつもりだったんです。それが、急に、熱が出てしまって、三日間、意識不明になってしまったんです。それで、管理人さんにも、連絡がとれなくて。ピーちゃんのことが、心配だったんですけどねえ」

麻里は、溜息《ためいき》をついた。

「もう、いいんですか？」

「ええ。もう、大丈夫です」

「しかし、まだ、疲れている感じがするなあ」

「そうですか。まだ少し、身体《からだ》が、だるいんですけど、大丈夫ですわ」

「伊豆の何処へ行ったんですか？」

西本がきくと、麻里は、苦笑して、

「私の話を、疑っていらっしゃるの？」

「そんなことはありません。無事に帰って来たんだから、それで、十分ですよ」

西本は、あわてて、いった。

そのまま、帰ってしまったが、帰宅してから、旭川で、畑恵子が殺されたことを話すのを忘れたことに、気付いた。

西本は、麻里に、電話をかけた。

しかし、話し中だった。仕方なく、三十分ほど、間をおいて、また、電話をかけた。

今度は、麻里が出た。

「西本です」

「ええ」

「旭川に帰った畑恵子さんですが、一月三十一日の夜、向こうで、何者かに、殺されました」

「――――」

「白石さん」

「ええ」

「畑恵子さんが、殺されたんです。丁度《ちょうど》、あなたの、旅行中です」

「私は、関係ありませんわ」

「そんなことは、わかっています。私がききたいのは、あなたが飼っているインコのことなんです。そのピーちゃんですが、旭川に帰郷する畑恵子さんに、貰ったんじゃありませんか？」

「そんなことは、ありませんわ。私が、買ったんです」

麻里は、きっぱり、いった。そのいい方が、かえって、西本に、疑惑を持たせた。しかし、彼女が、自分で買ったという以上、違うでしょうとは、いえない。それに、たかが、一羽のインコのことで、彼女が嘘をつく理由が、見つからないのだ。

結局、電話での質問は、納得《なっとく》しないまま、終わってしまった。

西本の胸にだけ、わだかまりが、残る結果になってしまい、その夜、ベッドに入ってから、なかなか、眠れなかった。

白石麻里は、嘘なんかついていないと思いたい。若い女が、男に肩を並べて、カメラマンになろうとしているのだ。

立派なものだと、思う。

その一方で、彼女には、どこか、不審な匂《にお》いがついて廻る。疑い出すと、いくらでも、怪しい影が見えてくるのだ。

あの夜、彼女が、マンションまで送ってくれと、声をかけて来たことさえ、作為を感じてしまうのである。

（詰まらないことを考えるな！）

西本は、自分を叱《しか》りつけた。

タケダという男

1

あるマンションで、住人の若い女性が、自室で殺された。

続いて、同じマンションを出て、郷里に帰った、これも若い女性が、その郷里で殺された。

また、同じマンションの、もう一人の若い女性の不可解な行動。

これを、ただの偶然と考えるか、それとも、何かあると考えるか。

十津川は、刑事として、この三つが、偶然とは、考えられなかった。だが、どう関連しているかという点になると、明快な答えが、見つからない。

十津川は、この三つ——というか、三人の女のことを、黒板に書きつけてみた。事件の起きた順番にである。

○小坂井みどり（28）　銀座の店のホステス

一月十六日、マンションの自室で殺される。

○畑　恵子（27）　元六本木の店のホステス

一月三十一日、旭川市内で殺される。

○白石麻里（27）　新人のカメラマン

一月三十日～二月二日、伊豆へ旅行（？）

この三人は、いずれも、三鷹の高級マンションに住んでいた。畑恵子と、白石麻里は、そのマンションの同じ十五階に住み、仲が良かったといわれる。

捜査会議では、この三人の関係が、当然、会議の主題になった。

十津川が、まず、自分の考えを、三上《みかみ》本部長に説明した。

「これからの捜査で、どうなってくるかわかりませんが、私は、この三人には、何らかの関係があると、思っています。当然、事件としての関係です」

と、十津川は、いった。

「白石麻里が、他の二人を、殺したと思っているということかね？」

三上が、きいた。

十津川は、思わず、笑って、

「それなら、白石麻里逮捕で、事件は解決してしまいます」

「違うのか？」

「動機が、わかりません」

「動機か」

「そうです。特に、引っ越して行った畑恵子を、わざわざ、旭川まで追いかけて行って殺した理由が、わかりません」

「同じマンションにいた三人の女が、いがみ合い、憎み合っていたということはないのかね？　同じ二十代だし、独身だ。何かの理由で、憎み合っていたとしても、おかしくはないだろう？」

と、三上は、いう。

「相手を殺すほどですか？」

「人間は、意外に簡単に、人を殺すものだよ」

「そうですが、一人を、旭川まで追いかけて行くというのは、余程、動機がなければしないと思いますよ」

「白石麻里のアリバイは、どうなんだ？　はっきりしないんだろう？」

「伊豆へ行っていた。その旅館で、カゼをひき、寝ていたといっていますが、まだ、調べてはいません。容疑者ではないので、強制的に、きき出すことを、ためらっているわけです」

「三人の女がいて、その中の二人が殺された。となれば、残る一人が、容疑者じゃないのかね？」

と、三上は、いう。

「三人が、一つのグループなら、そう考えられます。畑恵子と、白石麻里は、親しかったとわかっていますが、この二人と、小坂井みどりが、親しかったという証拠は見つかっていません。今のところ、わかっているのは、同じマンションの住人だというだけです」

「畑恵子と、小坂井みどりは、同じホステスだったんだろう？」

「しかし、店は違います」

「白石麻里を、任意で、事情聴取はしたんだろう？」

「しました。が、無理矢理、彼女に、伊豆の旅館の名前をいわすことは出来ません」

「しかし、君は、彼女の言葉を、信用していないんだろう？　畑恵子が殺された一月三十一日に、伊豆の旅館にいたという言葉をだよ」

と、三上が、きく。

十津川は、当惑の表情になった。

「それは、私より、西本刑事の方が、よくわかると思います。彼の方が、白石麻里を、よく知っている筈ですから」

「どうだ？　西本刑事」

と、三上が、西本を見た。今度は、西本が、当惑の表情になって、

「よく、といっても、会ったのは、二度だけです」

「しかし、君は、個人的に、彼女に会っているんだろう？」

十津川が、いった。

「一度だけです」

と、西本は、いった。

「それでもいい。君は、彼女を、どう思うか、きかせてくれ」

と、三上が、声をかける。

「よくわからない女性です。私が、刑事であることを、前から知っていました」

「なぜ、知っていたんだ？」

「あのマンションで、小坂井みどりが、殺されたとき、私も、捜査員の一人として、現場に行っていました。その時に、私を見たんだと、いっていました」

「だが、君は、個人的にも、会ったんだろう？」

「ええ。夜、彼女を送って行きました」

「それなら、君が適任だ。君が、彼女に会って、詳しいことをきいて来たまえ」

　三上が、命令した。

　西本は、その日の夜、ヴィラ三鷹に出かけた。個人的にきいて来いといわれたが、そんな器用なことが出来ないことは、よくわかっている。どうしても、刑事として、きくことになるだろう。

　白石麻里は、在宅していて、西本を歓迎してくれた。

　先日と同じように、コーヒーをいれてくれて、

「刑事さんが、お友だちにいると、安心だわ」

　と、笑顔で、いった。

「友だちとして、つき合ってくれるんですか？」

「もちろんよ。大事なお友だちだわ」

「一つきいていいかな？」

「どんなこと？」

「この間、伊豆へ行って来たんでしょう。僕も、伊豆へ行ってみたいんだけど、伊豆の何処が、一番いいか教えて貰いたいんだ」

と、西本は、いった。

「そうねえ」

と、麻里は、コーヒーカップを、手で囲うようにして、ちょっと、考えていたが、

「あたしが行ったところしか知らないんだけど、それでいい？」

「ああ、いいですよ」

「今井浜なんかどうかなと思うけど」

「君が、この間、行ったところだね。そこの何というホテルに泊まったの？」

「別に、あたしの泊まったホテルに行かなくたって――」

「いや、君の泊まったホテルに行きたいんだ。教えてくれないか」

「Tホテル。晴れてると、窓から、伊豆七島が見えるのよ」

と、麻里は、いった。

「伊豆七島が見えるのか」

と、西本が、感心したようにいうと、麻里は、笑って、

「伊豆の東海岸にあるホテルなら、たいてい、伊豆七島が見えるわよ」

と、いった。

2

翌日、西本は、捜査本部に出るとすぐ、十津川に、昨夜、麻里から聞いたことを報告した。

「今井浜のＴホテルか」

と、十津川は、肯き、

「すぐ、電話番号を調べて、一月三十日から二月二日まで、彼女が、泊まっていたかどうか、調べてみろ」

「私がですか？」

「当たり前だ」

と、十津川は、叱りつけるように、いった。

西本は、電話番号を調べた。調べながら、間違いなく、彼女が、行ってくれればいいと思った。彼女を疑うということが、心苦しいのだ。

西本は、Ｔホテルに、電話をかけ、フロントに、一月三十日から四日間、白石麻里という女性が、泊まらなかったかどうか、きいた。

フロント係は、宿泊カードを調べていたが、

「白石麻里というお客様は、お泊まりになっていません」

「ひょっとすると、違う名前で泊まっているかも知れないんだ。そちらで、熱を出して、介抱された、若い女性の泊まり客はいませんか？」

と、きき、麻里の顔立ちを説明した。

「一月三十日から四日間、そういうお客様は、いらっしゃいませんでした」

と、フロント係は、いう。

「二十七歳の若い女性が、ひとりで、泊まったと、いっているんですがね」

西本が、なおもきく。フロント係は、

「年が明けてから、若い女性が、おひとりで、お泊まりになったことは、ございません」

と、いった。

西本の胸を、何か苦いものがよぎった感じがした。

仕方なく、調べたままを十津川に報告すると、

「やっぱり、嘘だったか」

「すっきりしません」

「何が？」

「自分のやってることがです。人を信用しないというのは――」

「刑事であることを、忘れるなよ。しかも、殺人事件が、絡んでるんだ」

「しかし、彼女が犯人とは、思えないんです」

「それなら、なぜ、嘘のアリバイを口にするんだ？」

「その点は、わかりませんが――」

「カメさん。白石麻里に、任意同行を求めて、連れて来てくれないか。嫌だといったら、逮捕状を請求すると、脅してくれ」

と、十津川は、亀井に、いった。

亀井が、すぐ、日下刑事を連れて、出かけて行った。

しかし、三十分ほどして、その亀井が、十津川に、電話をかけてきた。

「白石麻里が、いません」

「留守ということかね？」

「それが、どうも、逃げたらしいんです。管理人にきくと、今朝出かけたといいます。その時たまたま顔を合わせたので、何処へ行くのかときいたら、かたい表情で、何もいわずに、行ってしまったそうですから」

と、亀井は、いった。

亀井は、逃げたというが、すぐ、断定するのは、危険なので、十津川は、一日、待つことにした。ただ、待つのではなく、若い刑事を、二人、ヴィラ三鷹に、張り込ませた。

夜が明けたが、白石麻里は、マンションに、帰って来なかった。

その代りに、北海道警から、知らせが入った。畑恵子が殺された事件を担当している木村警部が、十津川に向かって、

「今朝、旭川市内の石狩川の川岸で、若い女性が殺されているのが見つかりました。名前は、白石麻里です。東京の人間とわかったので、そちらに、お知らせすることにしたのですが」

「すぐ、そちらに、行きます」

と、十津川は、いった。

今度は、十津川自身が、行くことにして、亀井と二人、旭川行の飛行機に乗った。行く前に、西本と日下の二人に、ヴィラ三鷹の彼女の部屋を調べるように、命じておいた。

空港には、木村が迎えに来てくれていた。

パトカーに乗って、すぐ、現場に案内して欲しいと、十津川は、いった。

雪がちらつく中を、パトカーは、スピードをあげた。

車の中で、十津川は、白石麻里が、畑恵子の知り合いであることを話した。

「すると、同一犯人ということが、考えられますね。実は、畑恵子殺しの犯人が、特定できずに、弱っていたのです」

と、木村は、いった。

旭川で、いくら調べても、容疑者が、浮かんで来ないのだという。

「それで、彼女の東京時代の生活の中に、殺される理由があるのではないかと、考えていたところです」

「彼女の過去が、旭川まで追いかけて来たというわけですか」

「彼女自身は、心機一転と考えていたんでしょうがね」

パトカーは、旭川市内に入り、石狩川にかかるアーチ形の橋の袂《たもと》で、止まった。

「これが、旭橋ですが、この近くの河川敷で、殺されていたんです」

と、車をおりて、木村が、雪に蔽《おお》われた河川敷を、指さした。

「どこも、痕跡《こんせき》がありませんね」

十津川が、いった。

「今日、雪が降って、足跡も何もかも、消してしまったんですよ。朝、死体が発見されたとき、死体の傍から、この辺りまで、足跡がありました。足跡は、二つで、被害者のものと、男物の大きな靴跡です」

「大きな靴ですか？」

「28です」

「かなり大きいですね」

と、十津川は、いった。彼のサイズは25だから、大きい。

車の外に立っていると、川風があって、寒い。十津川たちは、車に戻り、警察署へ向かった。

そこで、現場を写した何枚かの写真を見せられた。コート姿で、雪の上に、俯せに倒れている白石麻里。背中を刺されたのか、流れ出た血が、雪を赤く染めている。それに、犯人と思われる大きな靴の跡。

「背後から、数カ所、刺されています」

と、木村が、いった。司法解剖の結果、死亡推定時刻は、昨日（二月五日）の午後十時から十一時の間だという。

「なぜ、河川敷で殺されたんでしょうかね？　雪は降ってなかったといっても、雪だらけでしょう」

十津川が、きくと、木村は、

「多分、被害者と、犯人は、旭橋の袂に、車をとめて、話をしていたんだと思います。ところが、彼女は、危険を感じて、車から飛び出して、河川敷へ逃げた。それを犯人が追って行って、背後から刺したんだと思います」

「なるほど。犯人は、車に乗っていたということですね」

「旭川は、だだっ広い町だし、雪が積っていますからね。車がないと、あまり動き廻れません」

「車を持っているとすると、旭川の人間かな。いや、レンタカーを借りることも出来るか」

「そうです。レンタカーは、簡単に借りられます。念のために、旭川の営業所で調べてみましたが、白石麻里の名前では、車は、貸し出してはいませんでした」

と、木村は、いった。

白石麻里殺しについても、合同捜査をすることが決められ、十津川と、亀井は、その日、市内のホテルに泊まった。

「男がいたということですね」

夕食をとりながら、亀井が、いう。

「これで、事件の構図がわかってきたじゃないか。三人の女のつながりが、よくわからなかった。白石麻里と、畑恵子は、仲が良かったというが、小坂井みどりと、二人の関係がわからなかった。だが、三人の真ん中に、男がいたとなれば、その男を通じて、関係があったと考えられる」

と、十津川は、いった。

「男が中心で、そのまわりに、三人の女がいたということですか？」

「いや、必ずしも、そうでなくてもいいんだ。男が、一人の女と関係があり、その女と、他の二人がつながっていたという図式でもいい。或《あ》るいは、男と二人の女が親しくて、二人の女の片方と、三人目の女がつながっていたのでもいい」

と、十津川は、いった。

3

西本と、日下は、白石麻里の部屋に、いた。旭川の十津川からは、電話で、犯人は、男だと知らせて来た。

「白石麻里には、男がいたということだ」

と、日下が、いう。

「そうかな」

「信じられないか」

と、日下は、笑って、

「信じたくない気持は、わかるがね」

「そういう意味じゃないんだ」

「恋する男は、みんな同じことをいう。自分以外に、男がいる筈がないと」

「止してくれよ。彼女とは、二回しか会ったことがないんだ」

「じゃあ、ひと目惚《ぼ》れか」

と、日下が、からかったとき、誰かが、人の名前をいうのが聞こえた。

西本が、鳥かごに、眼をやった。

「今、インコが、人の名前をいわなかったか？」

「ああ、何かいったよ」

と、日下も、いう。二人は、じっと、かごの中のインコを見つめた。

「彼女は、このインコは、オハヨウと、彼の名前だけしかいわないと、いっていたんだ」

「だが、どうやったら、喋るんだ？」

と、日下が、きく。西本は、インコに向かって、「オハヨウ」と、いってみた。すかさず、インコが、甲高い声で、「オハヨウ」と、いう。

だが、名前の方が、わからない。いろいろな名前を、二人で、いってみたが、インコは、知らん顔をしている。

二人が、くたびれて、西本が、煙草《たばこ》をくわえて、火をつけたとき、突然、

「タケダサン、タケダサン」

と、喋った。

「タケダ――だ」

日下が、大声を出した。

「おれにも、そう聞こえたよ」

「それに、君が煙草を吸ったときに、いった。さっきも君は、煙草を吸ってたんだ。ということは、タケダという男は、よく煙草を吸うんじゃないかね」

「かも知れないな」

「とにかく、タケダという男を探そうじゃないか」

と、日下が、顔を輝かせた。

西本は、旭川の十津川に、このことを知らせた。十津川は、

「それが、白石麻里の恋人か？」

「だと思います」

「明日になったら、三田村刑事たちと一緒に、その男を探し出してくれ」

と、十津川は、いった。

翌日、三田村と、北条早苗の二人も動員して、白石麻里の知り合いの中で、タケダという男を探した。

彼女が、モデルをしていたころの友人、知人、そして、女性カメラマンになってからのカメラマン仲間を、しらみ潰《つぶ》しに、当たっていった。

午後になって、十津川と、亀井が、帰京した。十津川は、捜査本部に戻るなり、

「タケダは、見つかったか？」

と、きいた。

「今まで、二人のタケダが、見つかっています。モデルクラブ時代の男性モデルの武田《たけだ》真也《しんや》、三十歳。それと、カメラマン仲間の竹田《たけだ》吾郎《ごろう》、二十九歳です」

と、西本が、答えた。

「それで、その二人は、どうなんだ？」

「残念ながら、二人とも、二月五日は、しっかりしたアリバイがあるのです。念のために、一月三十一日についても調べましたが、これも、アリバイありです。それで、他に、タケダという男がいないかどうか、調べています」

翌日も、その翌日も、刑事たちは、タケダという男を求めて、殺された白石麻里の周辺を探して廻った。

その結果、新しく、カメラ雑誌の記者で、武田紀夫《たけだのりお》という三十二歳の男が、見つかった。

しかし、二月五日には、雑誌社で、他の編集者二人と、徹夜で、原稿の校正をしていたことがわかった。

捜査が、壁にぶつかったのだ。

「これから、小鳥屋に当たってみます」

と、西本が、いったのは、そんな時だった。

4

西本は、ひとりで、三鷹周辺の小鳥屋を廻って歩いた。

スーパーの小鳥売場にも行った。そこで、彼は、白石麻里の写真と、インコの写真を見せ、

「この女性が、最近、この写真のインコを買いませんでしたか？」

と、きいた。

どこでも、白石麻里を知らないと、いったが、三鷹駅近くの小鳥屋の主人は、

「知っていますが、インコを売った覚えはありません。インコのエサだけ、売りました」

と、西本に、いった。

西本は、その結果を、十津川に、伝えた。

「前から、あのインコは、白石麻里が、旭川に帰った畑恵子に貰ったのではないかと、

思っていたんです。彼女は、否定していましたが、これで、畑恵子のものだったことが、確かになったと思います」

「なぜ、君は、白石麻里のインコではないと、思ったんだ?」

と、十津川が、きく。

「彼女が、インコを、ピーちゃんと呼んでいたからです」

「ピーちゃんは、おかしいかね?」

「おかしくありませんが、彼女に、似合わないと感じたんです。彼女なら、もっと、凝った名前をつけるんではないか。ピーちゃんというのは、投げやりな感じがしたんです。考えるのが面倒くさいから、ピーちゃんと、呼んだという感じで——」

「畑恵子が、あげたものだとすると、タケダというのは、畑恵子の男ということになるな」

十津川が、眼を光らせて、いった。

「そうです」

畑恵子は、六本木のクラブ「楓《かえで》」のホステスだったから、今度は、店のマスターや、ボーイ、それに、店に来る客が、調べる対象になった。

店で働く従業員の中に、タケダという男はいないと、簡単にわかったが、店の客となると、大変だった。数が多いのだ。

西本たちは、その中から、畑恵子と親しかった客を、調べていった。

特に親しかったという男が三人、ちょっと親しかったとなると、二十人を超えた。

後者の方に、タケダが二人いた。

その一人、竹田徹《たけだとおる》という男に、十津川は、注目した。

年齢は、四十歳。SN製菓の若い重役だった。十津川が、この男を、マークしたのは、畑恵子とは、ほとんど、つき合いがない、ただの客とホステスの関係だと、西本たちに主張しながら、事情聴取に対して、怯《おび》えの表情を見せ、やたらに、弁護士を呼びたいと、いったからである。

妻の美江《みえ》は、彼より二歳年上で、社長の娘だった。SN製菓は、同族会社だから、竹田徹は、次期社長候補の一人でもあった。

それに、大学時代、ラグビーをやっていたとかで、一八〇センチを超える大男である。靴のサイズも、28。

評判は、頭が切れて、愛想がいいという声と、バクチが好きで、女好きだという声の両方が、聞こえた。

一月三十一日と、二月五日の両日とも、アリバイがあったが、証人は、いずれも、彼の部下の部長や、課長だった。証人が、嘘をついている可能性もあるのだ。

捜査会議では、竹田徹を、容疑者とするという点で、意見が一致したが、

「彼が、なぜ、三人も殺したか、その動機が、はっきりしないな」

と、三上本部長が、いった。

確かに、三上の疑問は、もっともだった。

畑恵子と、竹田が、親しかったことは、わかる。多分、客として、六本木の「楓」に行っている間に、竹田は、彼女と、出来てしまったのだろう。

「それが、奥さんに、バレて、大さわぎになったとしよう。よくある話だ。だが、畑恵子の方が、東京に嫌気がさして、旭川へ帰ってしまったんだ。竹田にしてみれば、ほっとしたと思うよ。女の方から、身を引いてくれたんだから。それなのに、なぜ、竹田は、わざわざ、旭川まで出かけて行って、女を殺さなきゃならないんだ？」

三上が、首をかしげる。

「竹田の方に、未練があったんじゃありませんか」

と、若い日下が、いった。

三上は、笑って、

「旭川まで行って、戻って来てくれと、竹田が頼み、拒否されたので、かっとして、

殺したというのか？」

「おかしいですか？」

「竹田は、金がある。いくらでも、女は出来たんじゃないかね。女好きだったというから、畑恵子が逃げてくれれば、これ幸いと、新しい女を作ったと思うがね」

「では、ゆすりは、どうでしょうか？」

女刑事の北条早苗が、いった。

「自分との関係を、奥さんにバラすといって、竹田をゆすったか？」

「そうです。或いは、社長にいうとかです。次期社長候補だったとすれば、致命傷になりかねません。だから、旭川まで出かけて行って、その口を封じたということは、十分考えられますわ」

「そうだな。脅迫説の方が、現実性があるな」

と、三上は、肯いたが、

「他の二人の殺しは、どうなるんだ？　三人で、寄ってたかって、竹田を脅迫したわけでもないだろう」

「確かに、もっと、調べてみる必要があります」

と、十津川は、いった。

十津川は、竹田と、もう一人の女、小坂井みどりの関係を調べることにした。

小坂井みどりは、銀座のクラブ「ミラージュ」のホステスだった。女と酒の好きな竹田なら、こちらの店にも、行っているだろうと、思ったのだ。

十津川は、亀井と、竹田の写真を持って、銀座のクラブ「ミラージュ」に、出かけた。ママや、ホステスたちに、竹田の写真を見せて、来たことはないかときくと、彼女たちは、写真を見るなり、

「ああ、竹田さん」

と、いった。

「じゃあ、よく来てたんだ?」

「うちを、よく、接待に、使って下さっているんですよ」

と、ママは、いった。

「ここの小坂井みどりさんと、関係があったんじゃないのかね?」

十津川は、きいてみた。

わからないと、二、三人のホステスがいったが、ママは、

「彼女、昔から、内緒にする女《ひと》だから、わからないわね。店では、知らん顔をして、外で、二人がつき合っていたかも知れない」

「しかし、前に、話を聞きに来たとき、スポーツ選手や、タレントの名前を教えてくれたが、その中に、竹田徹の名前は、無かったよ」

「だから、竹田さんとの関係だけ、大事に、内緒にしていたのかも知れないわ」

「もう一つ、あの時、宝石商のパトロンがいるともいったが」

　と、十津川が、いうと、ママは、笑って、

「あの七十五歳のおじいさんのこと？　彼とは、お金だけの関係だって、彼女もいってたわ。それに比べて、竹田さんは、男盛りだし、SN製菓の社長になるかも知れない人じゃないの。秘密にして、大事に、つき合っていたってこと、十分に考えられるわ」

「大事にね」

「そうよ。チャラチャラしたタレントや、スポーツ選手なんか、信用できないけど、中年の大会社の重役という男なら、あたしだって、大事にするわよ。将来性あるもの」

　と、ママは、いった。

「改めてきくが、小坂井みどりというのは、男好きのする女だったみたいだね？」

「ええ。たいていの男が、参ってたから」

「竹田が、参っていたことも、十分に考えられるんだ」

「そう思うけど、竹田さん本人に、きいてみたら」

と、ママは、いった。

きいたら、きっと、竹田は、否定するだろう。畑恵子との関係もである。

十津川は、これで、竹田が、小坂井みどりと、畑恵子と、関係があったことは、わかったと思った。

それが、こじれて、二人を殺したのか？

だが、白石麻里まで殺したのは、なぜなのだろうか？　しかも、殺された場所は、東京でなく、旭川である。

十津川は、亀井を連れて、SN製菓の本社に、竹田を訪ねた。直接、ぶつかってみようと、思ったのである。

SN製菓は、製菓という名前だが、お菓子ばかりを作っている会社ではなかった。菓子の製造が、六十パーセントで、あとの四十パーセントは、医薬品の製造と、輸入販売だった。

竹田は、その医薬品の輸入販売部門の責任者で、名刺には、取締役とあった。

竹田は、露骨に、不快そうな顔で、二人の刑事を迎えた。

「まだ、私を疑っていらっしゃるんですか？」

と、きく。

「銀座のミラージュにも、六本木の楓にも、よく行かれていますね？」

と、十津川は、逆に、きいた。

「ああ、接待に、よく使っています。その二つだけじゃなく、新宿のクラブも使っていますよ」

「楓のホステス、畑恵子とは、親しかった？」

「それも、前に答えましたよ。客とホステスの関係だと」

「ミラージュの小坂井みどりとは、どうです？」

「ホステスとしては、知っていますが、親しくはありませんでした。本当です」

「彼女は、ヴィラ三鷹に住んでいたんですが、このマンションに行ったことは、ありませんか？」

と、亀井が、きいた。

竹田は、険しい眼になって、

「とんでもない。ホステスの住所なんか、きいたことも、行ったこともありませんよ」

「あなたを、そのマンションで見たという人がいるんですがね」

と、十津川が、カマをかけたが、

「そんな筈がありませんよ。見たという人がいるんなら、その人を連れて来て下さいよ」

竹田は、強気で、いった。

「北海道へ行ったことはありますか？」

と、亀井が、きいた。

「ええ。大学時代に、知床《しれとこ》にね。だが、最近は、忙しくて、行っていません」

竹田は、きっぱりと、いった。

十津川は、竹田の写真を、木村警部に送り、二つの殺人の現場周辺の目撃者探しをして貰うことにした。

もう一つは、旭川で、二月五日に、竹田が、レンタカーを借りてないかの調査だった。

だが、なかなか、目撃者も見つからないし、レンタカーの方も、竹田が、借りたという形跡は、見つからなかった。

レンタカーの方は、旭川で、借りなくても、千歳空港や、札幌周辺で、借りたかも知れなかった。北海道は、道路が整備され、除雪もしっかりしているから、札幌で、車を借りても、旭川まで飛ばすのは、そんなに、難しくはないのだ。

また、捜査が、壁にぶつかった。今度の壁は、面倒だった。容疑者がわかっているのに、手を出せない壁だからである。状況証拠は、揃っているのに、逮捕するのに必要な、直接証拠がないのである。

5

西本は、悩んでいた。

白石麻里のことである。彼女は、真面目に、カメラマンになろうとしていたと思う。頭もいいと思う。性格だって、悪いとは思えない。

それなのに、なぜ、西本に対して、嘘をついたのか？

伊豆の今井浜のホテルに泊まっていたなどという嘘は、調べれば、簡単にわかってしまう嘘ではないか。事実、電話一本で、嘘とわかってしまったのだ。

ピーちゃんというインコのこともある。

初めに、夜、彼に声をかけてきたのだって、おかしい気もしないではない。怪しい男につけられているから、マンションまで送ってくれといわれたのだが、怪しい男というのは、本当だったのだろうか？

刑事の西本と、親しくなるために、そんな嘘をついたのではないかという気がして仕方がないのだ。

西本は、自分を、美男子だと思ったことはない。頑丈な身体つきで、頼りになる男だといわれたことはあるが、ハンサムだといわれたことはなかった。

だから、彼女が、西本のことを好きで、近づくための嘘をついたとは思えないのである。そんな自惚《うぬぼ》れはない。

と、すると、白石麻里は、なぜ、西本に近づこうとしたのか？

それを考えて、西本は、悩んでいた。

悩んだ揚句、西本は、頭の中で、一つのストーリィを作りあげた。それを、十津川に聞いて貰うのは、はばかられたので、同僚で、いつもコンビを組む日下刑事に、まず、話すことにした。

「聞いて貰いたいことがある」

と、西本は、日下に、いった。

「今度の事件に関係があることか？」

「そうだ」

「それなら、聞いてやる。話せよ」

　と、日下が、促した。

「白石麻里は、何回も嘘をついた。すぐ、バレる嘘をね。そのくせ、おれに、近づこうともした」

「それは、君に惚れているからだろう。君の気を引くために、下手《へた》な嘘をついたのさ」

「そうじゃないことは、おれが、一番知ってるよ。彼女は、おれが、刑事だから、近づいたんだ。そして、下手な嘘をついた」

「なぜ？」

「多分、万一の時に、おれが、その嘘を、調べてくれるだろうと考えたんだ」

「なぜ、そんな面倒くさいことをするんだ？　本当のことを喋れば、いいじゃないか」

　と、日下が、いう。

「万一の場合以外は、本当のことを、知られたくなかったからだと思う」

　と、西本は、いった。

「よく、わからないな」

「彼女は、チカンの話を、おれにした」

「畑恵子が、チカンにあったって話だろう？　エレベーターの中であって、それで、東京が怖くなって、郷里の旭川に帰ったんだろう？」

「あれも、嘘だと思っている」

「しかし、なぜ、そんな嘘をつくんだ。第一、チカンの話は、白石麻里のことではなく、畑恵子のことだろう？」

「畑恵子が、エレベーターで会ったのは、チカンじゃないと思う」

「チカンじゃない？」

「そうだ。だが、白石麻里は、それを、チカンにして、おれに話したんだと思うようになった」

「なぜ、彼女が、そんな嘘を？」

「畑恵子が、会ったのは、チカンじゃなく、竹田徹だったんだと思う」

「証拠はあるのか？」

「ないが、竹田なら、辻褄《つじつま》が合うんだ」

「どんな風にだ？」

「去年の暮れ、畑恵子は、深夜に帰宅して、エレベーターに乗った。ところが、七階で、エレベーターが止まり、男が乗って来たという」

「それが、チカンだったんだろう？」

「七階には、殺された小坂井みどりの部屋があるんだ。そして、彼女と、竹田は、ひそかに、つき合っていた」

「ああ」

「一方、畑恵子と、竹田も関係があった。おれは、恵子の方が、竹田に惚れていたと思っている。そう考えないと、納得がいかなくなるんだ。去年の暮れのその夜、竹田は、小坂井みどりの部屋で愛し合い、深夜に帰ろうと、エレベーターのボタンを押した。でも、間違えて、上りのボタンを、押してしまったんだと思う。その時、畑恵子が、エレベーターで、十五階の自分の部屋に行こうとしていた。エレベーターが七階で止まる。ドアが開く。二人が顔を合わせる。悪いことに、小坂井みどりの部屋は、エレベーターに近いところにあるから、ネグリジェ姿で、竹田を送って廊下に出ていたんじゃないかな。竹田は、しまったと思ったろうが、畑恵子は、がくぜんとして、怒り、エレベーターの中に、竹田を引っ張り込んだんじゃないかな。そして嫉妬《しっと》にかられて、彼の腕に、噛みついたんだと思う」

「チカンに襲われ、腕に噛みついたんじゃなかったのか」

「ああ。そのあと、畑恵子は、絶望して、郷里に帰ったんだよ。チカンに出会ったくらいで、東京から逃げ出す筈がないと、おれは、不思議だったんだ」

と、西本は、いった。

「なるほどな」

「もちろん、畑恵子は、別れるに際して、竹田から、多額の手切金をふんだくっていったと思う。彼女が、高い宝石などを身につけていたのは、その金で、買ったんだと思う」

「それと、白石麻里は、どう関係してくるんだ？」

日下が、きく。

「こんなことは、考えたくないんだが、畑恵子から話を聞いて、白石麻里も、竹田をゆすってやろうと、思ったんじゃないかね」

「それで、万一のことを考えて、君に、妙な嘘をついたというわけか」

「そうだ。一月十六日になって、竹田は、小坂井みどりが、邪魔になることが起きた。奥さんにバレて、大ゲンカになったのかも知れない。とにかく、小坂井みどりの口を封じなければと、彼女の部屋で、殺した。ただ、この時は、二人の仲は、内密だったので、警察にも、気付かれずにすんだが、一人だけ、二人の仲を知っている女がいた」

「畑恵子か？」

「そうさ。別れ話で、多額の手切金を取られたとなると、今度は、いくら要求してくるかわからない。何としてでも、彼女の口を封じなければならない。そこで、旭川に行き、彼女を殺してしまった」

と、西本は、いった。

「白石麻里は、どうなるんだ？　一月三十日から四日間、伊豆へは、行ってなかったんだろう？」

「もちろん、彼女は、旭川へ行ってたのさ」

と、西本は、いった。

「何をしに、旭川へ行ったんだ？　まさか、畑恵子を殺しに行ったわけじゃないだろう？」

「何をしに行ったのか、今となっては、想像するより他にないんだが、おれは、こんな風に、想像するんだ。一月三十日、白石麻里は、旭川へ行くつもりで、羽田に行った。向こうで、畑恵子に会って、警告する気だったと思う。ところが、羽田で、竹田を見つけた」

「彼の顔は、知らないんじゃないか？」

と、日下が、きく。西本は、笑って、

「おれの顔だって、いつの間にか、望遠レンズを使って、撮っていたんだよ。畑恵子に聞いて、どんな男かと、竹田の顔写真を、撮っていたと思うよ。彼女は、空港で、畑恵子竹田を見つけ、彼を、監視することにした」

「監視か」

「竹田は、何も知らずに、旭川へ飛んだ。そして、ひそかに、畑恵子を殺すチャンスを窺《うかが》う。だが、なかなか、そのチャンスが見つからない。翌三十一日の夜になって、スーパーの帰りの畑恵子を狙って、背後から、刺し殺すことが出来た」

「それを、白石麻里が、目撃したということか？」

「そうだ」

と、西本が肯くと、日下は、

「それなら、なぜ、その時、彼女は、警察に通報しなかったんだ？」

と、怒った顔で、いった。

「だから、こんなことは、考えたくないんだといったじゃないか」

西本も、怒ったように、いう。

「やはりか？」

「そうだよ。彼女は、金になるモデルをやって、カメラマンになった。いってみれば、見習いのカメラマンだから、殆ど、金にはならなかったと思う。だが、モデル時代と同じように、高級マンションに住んでいた。いいカメラも買った。望遠レンズもね。当然、金に不自由したんだと思う。金が欲しかった。だから、竹田徹を、ゆすったんだ」

西本は、相変らず、怒ったように、いった。

「それで、竹田に殺されたか？」

「彼にしてみれば、二人も、三人も同じだと思ったに違いないね」

「だが、どうして、旭川で殺したんだ？　それより、白石麻里は、なぜ、のこのこ、旭川まで、出かけて行ったんだ？」

と、日下が、きいた。

「竹田にしてみれば、東京で殺せば、すぐ、自分が、疑われる。それで、旭川へ連れて行くことを考えた。多分、旭川で、自殺に見せかけて殺せば、警察は、畑恵子殺しの犯人を、白石麻里と考え、彼女が、罪に耐えかねて、旭川へ来て、自殺したと考えるのではないか。そう考えたんだと思うね」

「じゃあ、どうやって、白石麻里を、旭川へ、連れ出すことが、出来たんだ？」

と、日下は、きいた。

「これも、想像するしかないんだが、金を要求されて、竹田は、こういったんだと思う。君は、僕が畑恵子を殺すのを見たというが、信じられない。これから、一緒に旭川へ行って、この場所から見たんだと、いってくれれば、金を払うとね。それで、白石麻里は、竹田と一緒に旭川行の飛行機に乗ったんだと思うんだ」

と、西本は、いった。

「それで、全部か？」

日下が、きく。

「ああ、全部だ」

「それなら、これから、一緒に、十津川警部に会いに行こう。君の口から話せ。それが嫌なら、おれが話すよ」

「もし、警部が、おれの話を信じてくれなかったら、どうするんだ？」

「その時は、二人で、君の推理の裏付けを取ろうじゃないか」

と、日下は、いった。

6

十津川は、あっさり、西本の推理を受け入れて、

「問題は、裏付けだな」

と、微笑した。

そのための作業が、開始された。まず、竹田のアリバイを崩さなければならない。

西本の推理が正しければ、竹田は、一月三十日に羽田から、旭川へ飛び、また、二月五日にも、旭川へ飛んでいる筈である。

本名で乗っていれば、簡単だが、偽名を使ったに決っている。

そこで、刑事が、竹田の顔写真を持って、羽田に出かけ、旭川行の飛行機に、一月三十日と、二月五日にこの男が乗らなかったかをきいてみた。

幸い、竹田は、大男である。顔にも、特徴があった。

一月三十日の件は覚えている人間がいなかったが、二月五日は、時間が、経《た》っていないせいか、スチュワーデスが、客の中に、竹田がいたのを覚えていてくれた。

十津川は、その便の乗客名簿をコピーして貰って、持ち帰ると、刑事を動員して、

その一人一人を、当たって行った。

その結果、偽名で乗っている客が、二人だとわかった。

一人は、男で、高野勇《たかのいさむ》。女は、沢田《さわだ》マリだった。

女性の沢田マリは、白石麻里だろうし、高野勇は、竹田徹だと見当がついた。

次に、一月三十日の、羽田発旭川行の全ての便の乗客名簿を調べてみた。

十津川の予想した通り、その中に、「高野勇」の名前が、あった。

十津川は、苦笑して、

「人間って、弱いものだな」

と、亀井に、いった。

「偽名の一件ですか？」

「そうだよ。一月三十日と、二月五日じゃあ、間が、六日間しかない。そのことに、竹田は、怯えたんだだな。もし、同じスチュワーデスが乗っていて、自分の顔を覚えていたら、別の偽名を使えば怪しまれる。だから、同じ偽名を使ったんだろう」

「犯人の怯えですか」

「実は、気の弱い男だということさ。気が弱いから、女に溺《おぼ》れて、揚句に、切羽《せっぱ》つまって、人殺しに走ってしまったんだろう」

と、十津川は、いった。

偽名の解明が出来ると、不思議なもので、北海道警から、二月五日に、竹田が、レンタカーを借りた場所がわかったという報告が届いた。

旭川空港から、約三十キロ離れたＪＲ深川駅前の営業所で、白のニッサンシーマを、竹田が、自分の免許証を使って、借りているという。

恐らく、竹田は、白石麻里と、旭川空港に着くと、タクシーで、深川に行き、そこで、レンタカーを借りたに違いない。

竹田は、ニッサンシーマを二月五日に借り、翌、六日、千歳空港で、返している。

これだけの証拠があがったところで、捜査本部は、竹田徹の逮捕に、踏み切った。道警の木村警部が、旭川の二つの殺人事件の逮捕令状を持って上京したので、彼も、同行しての逮捕劇になった。

逮捕されたあとも、竹田は、黙秘を続けたり、口を開けば、弁護士を呼んでくれと叫んで、抵抗した。

だが、一月三十日と、二月五日の旭川行のＪＡＳの乗客名簿を見せて、その中の「高野勇」の偽名を指で示したり、二月五日に、深川の営業所で、白のニッサンシーマをレンタルした筈だといい、証拠の営業所の名簿のコピーを見せると、竹田は、急に肩を落とした。

そのあとは、急に、ベラベラと、自供を始めた。

「上手《うま》くいくと思ったんですがねえ」

と、竹田は、いった。

「何がだ？」

と、十津川がきいた。

「二人の女ぐらい、うまく、扱えると、思ったんですよ」

「小坂井みどりと、畑恵子のことか？」

「そうです。二、三人の愛人を持つのは、男の甲斐性《かいしょう》だと思ってましたからね」

「同じマンションに、住まわせておいて、うまく扱える筈がないだろうが」

と、十津川が、苦笑すると、

「その方が、かえって、楽だと思ったんです。来てくれと、二人から、いわれたとき、相手が、同じマンションに住んでれば、扱いやすいですからね」

と、竹田は、しれっとした顔で、いった。

「呆《あき》れた奴《やつ》だ」

「あの一件さえなければ、上手くあやつれたんですけどねえ」

「去年の暮れのエレベーターの一件か？」

「そうですよ。いつも、みどりのところに泊まっていたのに、あの日に限って、用事があって、朝までに帰らなければならなかったんです。それに、エレベーターで帰ろうとしたのも間違いだった。階段を使っていれば、十五階の畑恵子とは、すれ違いですんだんですよ」

「七階で上りのボタンを押してしまったんで、畑恵子と、鉢合せをしてしまったんだな」

「おまけに、みどりが、派手なネグリジェ姿で、エレベーターのところまで、送って来たんです」

「畑恵子は、君に愛想をつかしたというわけだ」

「それだけなら、いいんですが、一千万の手切金を取られました。おまけに、あいつに、腕を噛まれたおかげで、家内に、怪しまれてしまって」

竹田は、小さく溜息をついた。

「それが、小坂井みどりの殺しに、連なっていったのかね？」

亀井がきいた。

「そうなんです。家内はわめくし、みどりは、絶対に別れないと泣くし、どうしていいか、わからなくなりましてね。みどりさえいなければ、このごたごたはなくなるんだと考えて――」

「勝手な論理だな」

「男も女も、みんな勝手ですよ。家内と別れてくれだとか、一千万寄越せとかね」

竹田の勝手ないい方に、十津川は、怒るよりも、笑ってしまった。

「小坂井みどりを殺したものの、今度は、旭川へ帰った畑恵子のことが、心配になったというわけだな？」

「そうですよ。彼女は、僕と、みどりのことを知ってますからね。今度は、何千万円、要求されるかわからない。どうしても、彼女の口を封じなければならないと、思ったんです」

「彼女の星形のペンダントだけ、なぜ盗ったのかね？」

「あれは、僕が買ってやったものなので、そこから、足がつくと困ると思って――」

「旭川行の同じ飛行機に、白石麻里が乗ってることに、気がつかなかったのかね？」

「知るわけがないでしょう！　その時は、白石麻里が、関係してくるなんて、全く考えていなかったんだから」

竹田は、腹立たしげに、いった。

「それでは、彼女が、連絡して来たときは、さぞ、びっくりしたんだろうね？」

と、十津川が、きいた。

「驚いたというより、げんなりしましたよ。金を欲しいといわれて、またかと思いましたからね」

「それでも、白石麻里も、旭川へ連れて行って、殺したんだろう？」

「刑務所へ行くのは、嫌ですからね」

「白石麻里は、たいした金額を要求して来たわけじゃないんだろう？」

「二百万です」

「それなら、払ってやれば良かったじゃないか」

十津川が、いった。

竹田は、いやいやをするように、首を振った。

「家内が女に気がつかないときなら、二百万ぐらい何とかなりましたがね。畑恵子に、一千万取られた上、家内に女のことを気付かれたんですよ。二百万だって、自由にならなくなっちまったんです。殺すより仕方がないでしょう」

と、竹田は、いった。

十津川は、あとの訊問《じんもん》を、道警の木村警部に委せて、取調室を出ると、亀井に、

「二百万ということは、西本刑事に黙っていよう。たった二百万で殺されたんじゃ、可哀そうすぎるからな」

と、いった。

解説

山前　譲

十津川警部の推理行に伴走しての謎解きの旅はとりわけ楽しいが、この『十津川警部　殺意は列車とともに』に収録の四作でも、謎解きと旅のコラボレーションが堪能できる。

十津川警部の頼もしい相棒である亀井刑事に殺人犯の嫌疑が掛かっているのは「二階座席《シート》の女」（「小説現代」一九九一・一　講談社文庫『十津川警部C11を追う』収録）だ。

大の鉄道ファンである長男の健一が特急「スーパービュー踊り子号」に乗りたいと言いだした。それも、二階建てになっているグリーン車に座りたいというのだ。うまく指定席の切符が買えて新宿から乗車すると、健一は車内のそこかしこを探訪しはじめた。一方亀井は、事件を解決したばかりですっかり眠り込んでしまうのである。その亀井を健一が起こす。「あそこの女の人、変だよ」と。近寄ると亀井の目の前で女は身もだえして死んでしまった。青酸中毒死だった。まもなく伊東に着こうかというところで起こった事件である。

管轄外とあって、亀井が口を出す必要はない。予定通り終点の下田まで行き、トンボ返りして自宅に帰ったが、翌日、警視庁に静岡県警から連絡が入る。亀井に来てほしいというのである。なんと死んだ女性の手に亀井の名刺があり、殺人事件の容疑者となってしまったのだ。

十津川シリーズの刑事となれば、ただ事件の捜査に携わっていればいいというわけではない。亀井もこれまで何度か、犯人扱いされるような緊急事態に直面してきた。一番大変だったのは『津軽・陸中殺人ルート』だろうか。親戚の結婚式のために青森へ向かう途中、妻子を誘拐したと脅迫され、やむなく指示に従っているうちに殺人容疑で逮捕されている。

北海道を舞台にした『特急「おおぞら」殺人事件』も誘拐絡みだった。釧路へ向かう特急で健一が誘拐され、犯人の指示でジュースを飲んだ亀井は意識を失ってしまう。気がつくと血まみれのナイフが手に……。犯人の罠《わな》にはまってしまった亀井は、ここでも殺人容疑で逮捕されてしまったのだ。

この長編だけでなく、健一少年も何度か殺人事件に関係してきた。「黒部トロッコ列車の死」では事件の目撃者となり、犯人から命を狙《ねら》われて怪我を負っている。ＳＬホテルに泊まりたくて、いとこの由紀と一緒に小海線の野辺山へ向かった「高原鉄道殺人事件」では、銃殺事件に遭遇してしまった。

「青に染まった死体」では東伊豆の海岸を走る「リゾート21」の車内から事件を目撃したりと、普通の小学生とはちょっと違った体験をしているのだ。もっとも、『特急ワイドビューひだ殺人事件』のように、健一の知識が事件解決に役立ったこともあったのだから、その鉄道趣味を責めるわけにはいかない。

健一少年が乗りたがった「スーパービュー踊り子号」は、見晴らしのいいハイデッカー車両を採用して、一九九〇年四月、新宿駅・池袋駅・東京駅―伊豆急下田駅間を走りはじめた。だから、本書収録の「二階座席の女」は、新型列車の登場からまだ半年ほどしか経っていない頃の事件である。健一少年がやけに熱心なのも当然のことだろう。そして、その熱心さが、父親の危機を救うことにもなるのだった。

ただ、二階建て車両からの車窓が魅力的で、グリーン個室やサロン室や、あるいはこども室など多彩な設備を揃《そろ》えた「スーパービュー踊り子号」は、二〇二〇年三月に運行を終了している。代わりに登場したのが「サフィール踊り子」で、全席がグリーン車仕様という豪華な列車だ。ただ、残念ながら二階建て車両はない。

つづく「見知らぬ時刻表」(「週刊小説」一九八四・一・十三　角川文庫『EF63形機関車の証言』収録)でも健一少年が大活躍だ。亀井刑事が非番の日曜日、一家で後楽園へ遊びにいく。そこで健一が拾ったのが、奇妙な数字の書かれたメモだった。そのメモが、沼津で起こった殺人事件の重要な手掛かりとなる。短編ながら、東京―沼津―静岡―名古屋―新大阪を結んで、複雑なアリバイ崩しが展開されていく。

十津川警部は訪れていないが、伊豆半島の西側の付け根に位置する静岡県沼津市は、人口二十万の大きな都市で、漁港として昔から知られている。その港ではもちろん新鮮な海産物を堪能できるが、観光施設の一角に位置する「沼津港深海水族館」は必見だろう。生きた化石と言われるシーラカンスの冷凍個体と剝製《はくせい》のほか、さまざまな深海生物が展示されていてじつにユニークだ。

「とき403号で殺された男」(「小説宝石」一九八八・十二　光文社文庫『「C62ニセコ」殺人事件』収録)は、新潟駅に着いた上越新幹線の車内で死体が発見された事件である。それは刺殺だったが、老人と思われた被害者はじつは三十代のフリーライターだった。現住所が東京都世田谷区で、十津川班の登場となる。その捜査はほどなくアリバイ崩しへと発展していく。

上越新幹線はまず一九八二年十一月十五日に新潟・大宮間が開通した。一九八五年に上野駅へ、一九九一年には東京駅へと乗り入れた。当初の計画では新潟・新宿間の路線で、今でも新宿駅地下には新幹線駅のスペースが確保されているという。

その上越新幹線にも二階建て車両が走っていた。「Ｍａｘ」と呼ばれた全車二階建てのＥ４系で、一九九七年十二月から運行を開始している。八両編成で定員は八一七人、二本連結した十六両のときの定員は一六三四人と、高速鉄道車両としては世界最大級だった。東京駅で他の新幹線と並んでいると圧倒的な存在感があったが、二〇二一年十月をもって定期運行は終了してしまった。

最後の「東京―旭川殺人ルート」（「週刊小説」一九八八・二・二十＆三・六　集英社文庫『東京―旭川殺人ルート』収録）はそのタイトル通り、東京と北海道を結んでのダイナミックな展開を見せている。

深夜、十津川班の西本刑事は帰宅途中、若い女性に声をかけられる。変な男につけられているから、自宅マンションまで送ってほしいというのだ。そのマンションでは半月前、女性が殺された事件が起こっていた。捜査に携わっていた西本の顔を覚えていたと彼女は言うのだが……。

そのマンションではエレベーターでチカン事件も起こっていた。何か関係があるかもしれない。被害者、畑恵子が郷里の旭川に引っ越したというので、西本は日下刑事とともに向かった。ところが彼女の実家を訪ねると殺人事件が……。旭川は北海道のなかでもとりわけ寒冷地だから、真冬に訪れた西本はびっくりしたかもしれない。もっとも、ラーメンなど美味しい食事も待っていたはずだが。

いつもながら日本各地を精力的に駆け巡る十津川警部とその部下たちは頼もしい。懐かしい人気列車も登場しての推理行はやはり魅力的である。

（初刊本の解説に加筆・訂正しました）

二〇二三年九月

この作品は2022年2月徳間書店より刊行されました。
なお、本作品はフィクションであり実在の個人・団体などとは一切関係がありません。

徳間文庫

十津川《とつがわ》警部《けいぶ》 殺意《さつい》は列車《れっしゃ》とともに

2023年10月15日 初刷

著者 西村《にしむら》京太郎《きょうたろう》

発行者 小宮英行

発行所 株式会社 徳間書店

東京都品川区上大崎三―一―一 〒141―8202
目黒セントラルスクエア

電話 編集〇三(五四〇三)四三四九
販売〇四九(二九三)五五二一

振替 〇〇一四〇―〇―四四三九二

印刷 大日本印刷株式会社
製本

ISBN978-4-19-894895-5 (乱丁、落丁本はお取りかえいたします)